NUESTRA SEÑORA DE LOS HEREJES

El Almendro en
Biblioteca Herder

ALBERTO MAGGI

Nuestra Señora de los herejes
María y Nazaret

Herder

Este título ha sido publicado anteriormente por la editorial El Almendro
bajo el ISBN: 84-8005-058-6

Diseño de la cubierta: PURPLEPRINT creative

ISBN: 978-84-254-4480-7

Imprenta: Servicepoint
Depósito legal: B-14.894-2020

Impreso en España – Printed in Spain

Herder
www.herdereditorial.com

Para «... los que buscan en la fe de María el sostén de la propia fe...»

(Redemptoris Mater, 27)

«Se intenta comprender mejor las raíces hebreas del cristianismo para poner más claramente de manifiesto la originalidad de este último, sin perder de vista el contexto en que éste nació.»

(Biblia y Cristología,
Doc. Pont. Com. Bibl. 1.1.5.1)

CONTENIDO

TERCERA PARTE

MAS ALLA DE TODA ESPERANZA

APENDICES

ABREVIATURAS

LIBROS DE LA BIBLIA

Abd	Abdías
Ag	Ageo
Am	Amós
Ap	Apocalipsis
Bar	Baruc
Cant	Cantar de los Cantares
Col	Colosenses
1 Cor	1.ª Corintios
2 Cor	2.ª Corintios
1 Cr	1.º Crónicas
2 Cr	2.º Crónicas
Dn	Daniel
Dt	Deuteronomio
Ecl	Eclesiastés
Eclo	Eclesiástico
Ef	Efesios
Esd	Esdras
Est	Ester
Ex	Éxodo
Ez	Ezequiel
Flm	Filemón
Flp	Filipenses
Gál	Gálatas
Gn	Génesis
Hab	Habacuc
Heb	Hebreos
Hch	Hechos
Is	Isaías
Jr	Jeremías
Job	Job
Jl	Joel
Jon	Jonás
Jos	Josué
Jn	Juan
1 Jn	1.ª Juan
2 Jn	2.ª Juan
3 Jn	3.ª Juan
Jds	Judas
Jdt	Judit
Jue	Jueces
Lam	Lamentaciones
Lv	Levítico
Lc	Lucas
1 Mac	1.º Macabeos
2 Mac	2.º Macabeos
Mal	Malaquías
Mc	Marcos
Mt	Mateo
Miq	Miqueas
Nah	Nahún
Neh	Nehemías
Nm	Números
Os	Oseas
1 Pe	1.ª Pedro
2 Pe	2.ª Pedro
Prov	Proverbios
1 Re	1.º Reyes
2 Re	2.º Reyes
Rom	Romanos
Rut	Rut
Sab	Sabiduría
Sal	Salmos
1 Sm	1.º Samuel
2 Sm	2.º Samuel
Sant	Santiago
Sof	Sofonías
1 Tes	1.ª Tesalonicenses
2 Tes	2.ª Tesalonicenses
1 Tim	1.ª Timoteo
2 Tim	2.ª Timoteo
Tit	Tito
Tob	Tobías
Zac	Zacarías

TRATADOS DE LA MIŠNAH (Y TALMUD)

Abot	ʾAbot
Arak	ʿĂraḵin
A.Z.	ʿĂboḏah zarah
Bek	Bĕḵorot
Ber	Bĕraḵot
Beṣ	Beṣaẖ
B.B.	Babaʾ batraʾ
Bik	Bikkurim
B.M.	Babaʾ meṣiaʿ
B.Q.	Baḇaʾ qammaʾ
Dem	Dĕmay
Eduy	ʿEduyyot
Erub	ʿEruḇin
Git	Gittin
Ḥag	Ḥagigah
Ḥall	Ḥallah
Ḣor	Ḣorayot
Ḥull	Ḥullin
K̇el	K̇elim
Ker	Kĕritot
Ket	Kĕtuḇot
Kil	Kilʾayim
Maas	Maʿaśrot
Makk	Makkot
Makš	Makširim
Meg	Mĕgillah
Meʿi	Mĕʿilah
Men	Mĕnaḥot
Mid	Middot
Miq	Miqwaot
M.Q.	Moʿed qatan
M.Š.	Maʿaśer šeni
Naz	Nazir
Ned	Nĕdarim
Neg	Nĕgaʿim
Nid	Niddah
Oho	Oholot
Orl	ʿOrlah
Par	Parah
Peʾa	Peʾah
Pes	Pĕsaḥim
Qid	Qiddušim
Qin	Qinnim
R.H.	Roš ha-šanah
Šab	Šabbat
San	Sanhedrim
Šebi	Šebiʿit
Šeb	Šĕbuʿot
Šeq	Šĕqalim
Sot	Sotah
Sukk	Sukkah
Taʿan	Taʿanit
Tam	Tamid
Teb	Tĕḇul yom
Tem	Tĕmurah
Ter	Tĕrumot
Ṭoḥ	Ṭŏḥarot
Uqṣ	ʿUqṣin
Yad	Yadayim
Yeb	Yĕbamot
Yom	Yomaʾ
Zab	Zaḇim
Zeb	Zĕḇahim
Zer	Zĕraʿim

Nota: Los tratados se citan con las siglas siguientes: M = Mišnah; Y = Talmud de Jerusalén (palestinense), y B = Talmud de Babilonia.

PRESENTACION

A pesar de su estilo atrayente, este libro no es de fácil lectura. Y estoy seguro de que suscitará en muchos lectores interrogantes, dudas y rechazos. Me ha pasado también a mí.

La historia, como cualquier tejido, tiene un haz y un envés. Este libro cuenta la historia vista desde el envés. Comenzando por el título. Para nosotros, María, Jesús, los discípulos, los primeros cristianos, los mártires son personas nobles y gloriosas. Pero para quienes los condenaban eran sólo subversivos y herejes. De esta manera, el título Nuestra Señora de los herejes *es simplemente la otra cara de la invocación* Reina de los mártires.

El autor describe ampliamente el cuadro ambiental y cultural de la época: las leyes, la mentalidad y las costumbres. La documentación es seria. Más que el autor, hablan los textos (que, como diremos, no todos tienen el mismo valor).

Personalmente estoy convencido de que el judaísmo de aquel tiempo fue mucho más movido de lo que los documentos permiten pensar. De todos modos, la historia sólo puede hacerse teniendo como base los documentos.

Más importante es una segunda observación: sería ciertamente equivocado suponer una total coincidencia entre el ambiente cultural en el que vivieron José, María y Jesús y su efectivo comportamiento. Personas que viven en el mismo ambiente pueden reaccionar de maneras diferentes. En nuestro caso se puede —y se debe—

conceder un espacio de originalidad a la familia de Nazaret, cuya vocación es única. Si, según la costumbre, la mujer era considerada y tratada como una sierva, no hay que suponer que José se comportara con María de esta manera. Sigue, sin embargo, siendo verdad que ninguna persona, ni siquiera Jesús, puede vivir en un ambiente sin ser hijo de esa cultura, como si este ambiente no existiese. La misma originalidad, por lo demás, sólo se puede comprender plenamente viéndola en el contexto de su ambiente cultural. María vivió en un cuadro cultural preciso y es importante saberlo.

La originalidad principal de este libro está en contar la historia de la parte del envés. María, José y Jesús no son vistos con los ojos del creyente, de quien ahora sabe, sino con los ojos del incrédulo, de quien entonces no sabía. Habladurías y calumnias, que ahora nos ofenden, se decían y se difundían entonces y, en cierto sentido, eran incluso comprensibles. No se debe excluir que también nosotros las habríamos compartido. Ahora es fácil disentir; entonces, no. Pero ¿por qué recogerlas en un libro y recordarlas? ¿Para turbar nuestra fe? No. Solamente para recordarnos que María y Jesús sintieron y padecieron aquellas habladurías y también otras.

Como ya he indicado, este libro no es de fácil lectura. Y, de hecho, el mismo autor recomienda proceder con precaución: un ojo al texto y otro a las notas. Y valorar. Porque los documentos utilizados no tienen todos el mismo valor. Hay citas evangélicas que merecen una atención de la que, por el contrario, los textos apócrifos no pueden gozar de ningún modo. Sin hablar de los textos polémicos, judíos o no, abiertamente tendenciosos.

Imagino que quien lea esta breve presentación mía se planteará una pregunta: ¿con qué objetivo? Respondo que la lectura de este libro ofrece al menos dos ventajas. La primera, la de obligarnos (aunque se podrá y se deberá disentir en determinados puntos) a abandonar cierta iconografía incrustada profundamente en nuestro espíritu, verdaderas y propias superestructuras que nos impiden leer incluso los párrafos evangélicos en su sentido más obvio (como cuando, por ejemplo, Lucas indica que el padre y la madre de Jesús «se asombraban de las cosas que se decían de él» y que «no comprendieron sus palabras»).

La segunda ventaja es que el autor explora a fondo, o por lo menos crea las premisas para poderlo hacer, un tema mariano que está entre los más fascinantes y hoy ampliamente subrayado: María ha completado un real itinerario de fe. Su camino no estuvo iluminado por visiones, sino por la fe.

BRUNO MAGGIONI

INTRODUCCION

¡HAN ROBADO LA MADRE DEL SEÑOR!

Siempre es arriesgado hablar o escribir de María, la virgen de Nazaret, mujer de José y madre de Jesús, el Hombre-Dios. El riesgo es exagerar la figura, divinizándola por afecto o admiración, o, por el contrario, minimizar su papel hasta llegar a anularlo. De este peligro ya advirtió el Concilio, que «exhorta encarecidamente a los teólogos y a los predicadores de la palabra divina a que se abstengan con cuidado tanto de toda falsa exageración cuanto de una excesiva mezquindad de alma al tratar de la singular dignidad de la Madre de Dios» (LG 67). Peligro que también recuerda Pablo VI en la profunda reflexión sobre María que constituye su *Marialis cultus,* poniendo en guardia ante «la credulidad vacía, que sustituye el compromiso serio por la fácil tendencia a prácticas meramente externas; el estéril y fugaz impulso del sentimiento, tan ajeno al estilo del Evangelio, que exige acción perseverante y concreta», y ante las formas que, «gastadas por el tiempo, se muestran necesitadas de una renovación que permita sustituir sus elementos caducos y revalorizar los permanentes...»

La enseñanza del magisterio sobre este punto es clara y neta. Deplorando de nuevo tales desviaciones, afirma que las mismas «no son formas que estén en armonía con la fe católica y, por tanto, no deben existir en el culto católico» (MC 24.38).

Buscando, pues, el «estilo del Evangelio» para una seria investigación acerca de «María de Nazaret», me he remontado a las fuentes: la Escritura, con particular atención a los evangelios (incluidos los apócrifos), los Padres de la Iglesia, el Talmud, los escritos rabínicos y toda la literatura extratestamentaria de los dos primeros siglos del cristianismo; todo iluminado por las indicaciones del magisterio expresadas por el Concilio Vaticano II en la constitución *Lumen gentium* y en los documentos sucesivos, *Marialis cultus* y *Redemptoris Mater*.

He tenido claramente presente todo esto porque con este trabajo pretendo dirigirme esencialmente a aquellos cristianos que, con decisión, pretenden apropiarse de nuevo de la figura de María en su verdadera autenticidad.

De hecho, de la madre de Jesús se han adueñado los movimientos más retrógrados y reaccionarios, que han hecho de ella la abanderada de reivindicaciones oscurantistas, antievangélicas y antieclesiales. Éstos han conseguido camuflar la figura que emerge del Evangelio, magnífica y fuerte, que jamás «fue la mujer que remite pasivamente a una religiosidad alienante» (MC 37), en la estúpida «dulce mamaíta celeste» de los visionarios; una señora que, con halagos o amenazas, invita siempre a volver con rigor a tradiciones, ritos y prácticas ya momificadas. De esta manera, han atado a María «a los esquemas representativos de las diversas épocas culturales y que no se adaptan a hombres que pertenecen a épocas y culturas distintas» (MC 36).

Entre éstos están quienes, «más allá de un sano criterio litúrgico y pastoral, mezclan ejercicios piadosos y actos litúrgicos en celebraciones híbridas... y en la misma celebración del Sacrificio eucarístico introducen elementos propios de novenas u otras prácticas piadosas...» (MC 31).

A lo largo de los siglos, la límpida figura de María de Nazaret ha sido contaminada por una lluvia de seudoapariciones. Según un clisé ya rancio, trivial y repetitivo, éstas nos presentan una Virgen trotamundos, siempre locuacísima, que, apareciendo unas veces aquí y otra veces allá, confía misterios y secretos a personas de toda clase; personas que, quizá, necesitarían un buen psiquíatra.

Siempre dispuestas a derramar ríos de lágrimas (¡mejor si son de sangre!), estas «vírgenes» amenazan con castigos espantosos sobre la humanidad, a la que siempre califican de corrompida, malvada y descreída.

A la luz cristalina de los evangelios, todo esto no puede considerarse otra cosa que andrajos, aunque a veces estén bien confeccionados: no debemos tener miedo ni dudar en tirarlo todo resueltamente a la basura.

¡Apropiémonos de nuevo de María!

No podemos permitir que este robo se mantenga todavía.

Es dañino para ella y para nosotros; siguiendo así, cada vez será más difícil conseguir «encuadrar la imagen de la Virgen, tal y como resulta de ciertas lecturas devotas, en las condiciones de la vida de la sociedad contemporánea y, en particular, en las de la mujer... que, dejando cadía día más el ambiente restringido del hogar, ha conquistado, tanto en el campo social como en el cultural, un puesto igual al del hombre» (MC 34).

Con este libro pretendo dirigirme, por tanto, a cuantos desean vivamente descubrir de nuevo la estupenda figura de aquella joven de Nazaret para amarla, impulsados por «la verdadera devoción, que no consiste ni en un sentimiento estéril y pasajero ni en una credulidad vana, sino que más bien procede de la verdadera fe, por la que... somos impulsados... a imitar sus virtudes» (LG 67).

De esta manera, la descubriremos una vez más como nuestra *hermana* en la fe. Fue Pablo VI, el gran papa mariano, el que volvió a usar este título (véase el discurso de clausura del tercer período del Concilio Vaticano II), tan querido y frecuente en los Padres: desde Atanasio a Epifanio, desde Agustín a San Cirilo de Alejandría, que llegaba a llamar... «sobrino» a Jesús, ¡tan convencido estaba de que la virgen era su hermana! *(In Ioel.,* I, 1; VI, 7: PG 71, 340).

Hermana porque nos la encontramos al lado al recorrer el mismo camino de fe que, traduciéndose en amor, nos lleva a la plena comunión con Dios.

Itinerario de amor y no de guerra.

María —y el cristiano con ella— no lucha, no combate contra verdaderos o hipotéticos enemigos.

Nada de guerras.

Nada de cruzadas: Jesús no pide luchar contra las tinieblas, ¡sino resplandecer en medio de ellas! (Jn 1,5), ser «luz del mundo» (Mt 5,14), y la luz no combate, ¡resplandece! La luz, «resplandor de la vida», se afirma por sí misma.

Comenzaremos a recorrer este camino de luz y de vida junto a Gabriel, el mensajero divino. Y desde el primer encuentro con María, comprenderemos la talla, la verdadera grandeza de la virgen de Nazaret (Lc 1).

Una mujer que el Evangelio presenta en clara antítesis con la figura de Zacarías, sacerdote muy piadoso y devoto, de tal manera ocupado en echar incienso y reverenciar a Dios, que no se da cuenta de todo lo que el mismo Dios le ofrece.

María, por el contrario, acoge con prontitud el anuncio: dice en seguida que sí; se fía, incluso sin comprender totalmente las implicaciones de su disponibilidad. «También la Santísima Virgen —advierte el Concilio— avanzó en la peregrinación de la fe» (LG 58).

Zacarías es sólo un hombre de rezos.

María es la contemplativa; la que, vibrando en total sintonía con la onda de amor que mantiene viva la creación, se abre continuamente al Espíritu que «renueva todas las cosas» (Ap 21,5); así se hace capaz de acrecentar en ella la vida y de comunicarla a la humanidad entera, transformándose en la «madre de los vivientes» (LG 56).

La virtud de María, la virtud por excelencia, la que la hace más grande a nuestros ojos y permite que todas las generaciones la llamen «dichosa» (Lc 1,48), es la fe: «¡Dichosa tú porque has creído en la palabra del Señor!» (Lc 1,45). Y a María no le resultó fácil creer. Se trató de un camino doloroso, amasado de sufrimientos y dificultades. María «sufrió profundamente con su Hijo unigénito...», nos recuerda el Concilio (LG 58). Y no sólo al pie de la cruz. Con su presencia al pie del patíbulo del hijo ajusticiado en nombre de Dios, María se convierte en un desafío al poder religioso, a la familia, a las tradiciones...

Su existencia toda fue una senda realizada «en la incomprensión y en el dolor» (RM 16), sin que el cielo le concediera privilegio alguno por ser la madre de Dios.

Ningún privilegio que pudiera hacernos sentir lejana, inalcanzable, inimitable a María. No hay nada en ella que no podamos revivir/reproducir también en nosotros.

¿Que la Iglesia nos presenta a María «inmaculada»?

También nosotros estamos invitados —como escribe Pablo a los Efesios— «a ser santos e inmaculados por la caridad» (Ef 1,4; cfr. Flp 2,15). La caridad, esto es, el amor gratuito, capaz de dirigirse incluso a quien no lo merece, nos hace también a nosotros «inmaculados», como expresa claramente la colecta de la fiesta del 8 de diciembre:

«Oh Dios, que por la concepción inmaculada de la Virgen María preparaste a tu Hijo una digna morada, y en previsión de la muerte de tu Hijo la preservaste de todo pecado; concédenos por su intercesión llegar a encontrarnos contigo santos y puros de espíritu...»

También a nosotros —igual que a María— nos envía Dios «mensajeros divinos» continuamente, invitándonos a realizar en plenitud nuestra existencia, dando de continuo un fruto de amor y colaborando con él en la comunicación de vida a la humanidad.

¿Que María fue llevada al cielo?

«Tal glorificación es el destino de todos aquellos a quienes Cristo ha hecho sus hermanos», afirma la *Marialis cultus* (7). También nosotros, si ponemos en nuestra vida una calidad de amor que se asemeje al de Jesús, ya desde ahora «estamos sentados en el cielo, en la persona de Cristo Jesús» (Ef 2,6); como él, somos vencedores de la muerte y seguiremos viviendo (Jn 11,25), como reza la Iglesia:

«... que también nosotros podamos, por la intercesión de la Virgen María, llegar hasta el Padre en la gloria del cielo» (Colecta del 15 de agosto).

Espero que todo esto pueda ser apreciado al leer las páginas de este libro; téngase presente la óptica con que ha sido pensado y escrito: ver a María con los ojos de un habitante de Nazaret (véase p. 60), y a Jesús con los ojos de María y de su familia. Para ello, al redactar el texto he intentado que la mentalidad semítica se refleje lo más posible en las expresiones, procurando poner siempre de relieve el enorme escándalo que, para una persona religiosa de la época, representaron primero la figura de María y después la de Jesús.

Naturalmente, era imposible reconstruir el «personaje» de María con los pocos —aunque preciosos— datos que proporcionan los evangelios. He intentado enmarcar a la madre de Jesús anclándola en el contexto cultural de la época, para lo que me he servido de la literatura y de los documentos contemporáneos, usando con preferencia los que reflejan más fielmente el particular clima del judaísmo, período en el que vivieron María y Jesús.

El objetivo de esta investigación no es redactar una «vida» de María o de Jesús, como tampoco es una lectura exegética de los textos que se refieren a ellos.

He intentado enmarcar la figura de María en el contexto cultural de la época, proponiendo aquellas hipótesis que se pueden verificar y rectificar para conseguir una relectura de la Madre de Dios que no la reduzca más a una figura que sólo ha de ser venerada, sino que la descubra como una persona con la que caminar hacia la plena realización del Reino de Dios.

Confío, finalmente, que el lector tenga bien presente el valor que debe asignarse a las fuentes usadas. Una cosa es una cita del Evangelio y otra el uso de un apócrifo. Ruego especialmente que se tenga presente el diverso grado de importancia que debemos atribuir a un dicho de un Padre de la Iglesia y a las afirmaciones anticristianas de cualquier filósofo de la misma época, citadas únicamente en cuanto *chismes, cuentos, calumnias* acerca de María y Jesús. Igualmente se deben tomar con pinzas las afirmaciones contenidas en las *Toledot Ješu* (texto redactado en época muy tardía, pero cuyos orígenes deben colocarse al inicio de la polémica con los judeo-cristianos): historias difamatorias acerca de Jesús y su familia.

Doy las gracias a cuantos han colaborado y permitido la realización de este libro: desde los rabinos que con tanta disponibilidad me han acogido en el curso de las investigaciones, permitiéndome el acceso al rico y vasto mundo del Talmud, hasta los biblistas y mariólogos consultados.

Doy las gracias al periodista Vittorio Vecchini, que con apasionada entrega ha colaborado en la redacción final del texto, y al biblista Oscar Battaglia por las fraternas observaciones críticas dirigidas a mejorar el texto.

Finalmente, doy las gracias de modo particular a Juan Mateos, profesor de Ciencias Eclesiásticas Orientales en el Instituto Oriental de Roma, que me ha introducido y acompañado en la investigación bíblica.

PRIMERA PARTE

LAS OPCIONES DE DIOS

«Dios elige lo que en el mundo es débil para confundir a los fuertes...»

(1 Cor 1,27)

DESDE LOS BAJOS FONDOS DE ISRAEL

«... *¿de Nazaret puede salir algo bueno?...*» (Jn 1,46).

No podía nacer en un sitio peor.

Jamás nombrado en los textos de la Biblia o en los escritos rabínicos, Nazaret (hebr. *Nazret)* [1] goza de una pésima reputación, igual que sus habitantes.

¿Por qué?

No sólo Nazaret tenía mala fama, sino Galilea, la región en la que este pueblo se encuentra.

La tierra de Israel, en el tiempo al que se refiere este trabajo, está dividida en tres regiones: Judea al sur, Samaría en el centro y en el norte Galilea.

Judea es la región santa; tiene el privilegio de acoger a la ciudad de David, la gloriosa Jerusalén (hebr. *Yerušaláym),* Ciudad Santa por excelencia, al Templo levantado sin escatimar nada por el rey Salomón, y restaurado recientemente con renovado esplendor por Herodes; aquí reside la «Gloria» del que truena sobre los querubines: *YHWH* [2] *Ṣebā'ot* (cfr. 1 Re 8,11; Is 6,3).

---

[1] Hasta tal punto es desconocido que, en el pasado, se ha intentado incluso negar su existencia: se pensaba que su nombre había sido creado para justificar el sobrenombre de Nazareno (Mt 2,23) dado a Jesús. Cfr. R. Laurentin, *I vangeli dell'infanzia di Cristo. La verità del natale al di là dei miti,* Paoline, Turín 1986, pp. 481-482; R. Aron, *Gli anni oscuri di Gesù,* Mondadori, Milán 1978, pp. 41-42.

[2] El «Nombre». Son las cuatro letras que forman el Tetragrama sagrado, el nombre de Dios. Véanse «Glosario» y la nota 6 del cap. IV.

«La tierra de Israel es el ombligo del mundo: Jerusalén está en el centro de la tierra de Israel, el Santuario está en el centro de Jerusalén...» [3]

Jerusalén cuenta con cerca de veinte mil habitantes dentro de los muros, más otros cinco a diez mil fuera [4], y constituye la fortaleza de la ciencia teológica y jurídica del judaísmo. Los rabinos que enseñan allí gozan de una altísima consideración en el mundo hebreo, hasta el punto de que la juventud del mundo entero acude a sentarse a sus pies [5].

Pero no se vive sólo de Espíritu... Jerusalén atrae también a los grandes capitalistas: comerciantes, recaudadores de impuestos y hebreos de la diáspora, que, una vez ricos, se retiran a descansar allí por motivos religiosos [6] y económicos, pues el templo es el banco más seguro de todo el Oriente [7].

En el centro, separando Judea y Galilea, está la odiada, hereje, inmunda Samaría, cuyos habitantes se señalan en la Biblia como «no pueblo» (Eclo 50,25-26).

Los samaritanos atribuyen una relevante importancia al hecho de ser descendientes de los patriarcas hebreos; los judíos, sin embargo, cuestionan e incluso rechazan esta pretensión: los habitantes de Samaría son para ellos sólo «cuteos», esto es, descendientes de colonos medo-persas; absolutamente extraños, por tanto, al pueblo hebreo. Son considerados, además, idólatras por dar culto al monte Garizim (considerada por ellos montaña sagrada), así como a otras divinidades [8].

---

[3] *Tanhuma Qedošim*. Cfr. Ez 38,12.

[4] El total de la población hebrea en Israel era de 500.000 habitantes, aproximadamente. Cfr. J. Jeremias, *Jerusalén en tiempos de Jesús*, Cristiandad, Madrid 1977, pp. 102 y 222.

[5] J. Jeremias, *op. cit.*, p. 258.

[6] *Ibidem*, p. 45.

[7] «... el tesoro del templo funcionaba ya como banco privado, ya como tesoro público...» (A. Paul, *Il mondo ebraico al tempo di Gesù*, Borla, Roma 1983, p. 167). Acerca de la costumbre de depositar las riquezas en el tesoro del templo, cfr. 2 Mac 3,6-10; Flavio Josefo, *Bell.*, V, 5,2.

[8] J. Jeremias, *op. cit.*, p. 366.

He aquí cómo se describe su origen en la Biblia:

«El rey de Asiria trajo gente de Babilonia, Cutá, Avá, Jamat y Serfarvaín y la estableció en las poblaciones de Samaría, para suplir a los israelitas. Ellos tomaron posesión de Samaría y se instalaron en sus poblados. Uno de los sacerdotes deportados de Samaría fue entonces a establecerse en Betel, y les enseñó cómo había que dar culto a YHWH. Pero todos aquellos pueblos se fueron haciendo sus dioses y, cada uno en la ciudad donde vivía, los pusieron en las ermitas de las lomas que habían construido los de Samaría. Los de Babilonia hicieron a Sucot-Benot; los de Cutá, a Nergal; los de Jamat, a Asima; los de Avá, a Nibjás y Tartac; los de Serfarvaín sacrificaban a sus hijos en la hoguera en honor de sus dioses Adramélec y Anamélec. También daban culto a YHWH; nombraron sacerdotes a gente de la masa del pueblo para que oficiara en las ermitas de las lomas. De manera que daban culto a YHWH y a sus dioses, según la religión del país de donde habían venido. Hasta hoy vienen haciendo según sus antiguos ritos; no veneran al Señor ni proceden según sus mandatos y preceptos, según la ley y la norma dada por el Señor a los hijos de Jacob, al que impuso el nombre de Israel» (2 Re 17,24.28-34) [9].

El Talmud prescribe que las mujeres de Samaría sean consideradas impuras (como en período de menstruación) desde la cuna [10], declarando expresamente de esta manera contaminados a todos los samaritanos.

La Mišnah llega a afirmar: «Si en una ciudad hay una samaritana, todos los esputos son impuros...» [11]; Rabí Eliezer sostiene que «quien come el pan de un samaritano es como si comiera cerdo...» [12] Hay que señalar además que cualquier documento firmado por un samaritano puede ser fácilmente invalidado [13]. Uno de los peores insultos es decirle «samaritano» a alguien: «¿No tenemos razón en decir que eres un *samaritano* y que tienes un *demonio?»* (Jn 8,48); es además opinión común que los samaritanos no resucitarán [14].

---

[9] Para los orígenes de los samaritanos, cfr. Esd 4. Cfr. J. Jeremias, *op. cit.*, pp. 364-366.

[10] *Nid.* M. 4,1; 5,1.

[11] *Toh.* M. 5,8.

[12] *Šebuʿot* M. 8,10. El libro del Levítico (11,7) prohíbe comer cerdo, considerado animal impuro.

[13] *Gittin* M. 1,5.

[14] Cfr. *Perek R. Eliezer*, 38.

Un historiador de la época se expresa así acerca de las relaciones entre galileos y samaritanos:

«... Galilea [y] Samaría, una y otra enemigas desde hace tiempo, y en el desprecio común de sus gobernantes, sin ningún miramiento al desahogar este odio. De ahí el depredarse mutuamente, lanzar una a la otra bandas de ladrones, urdir emboscadas y, de cuando en cuando, enfrentarse en combate...» [15]

Galilea, la provincia del norte, queda lejos del poder religioso judío; y, como sucede con frecuencia, cuanto más lejos se está de la autoridad establecida, menos controlado y sometido se está y las costumbres son más libres y relajadas.

Galilea, marginada de los principales acontecimientos que caracterizaron la constitución del reino de Israel, aparece raramente en los escritos de la Biblia (2 Re 15,29; Is 8,23; 1 Cr 6,61; 1 Re 9,11). Debe su nombre al profeta Isaías, quien, describiendo la región, al subrayar la mezcla de población judía y pagana la denomina *Gelil-ha-goyim* (comarca de los gentiles/paganos). Luego de *Gelil,* por tanto, deriva el nombre de Galilea [16].

No sólo es distinta la conformación geográfica (tan fértil y verde Galilea cuanto árida y yerma Judea); también es diferente la manera de concebir la religión: entre Galilea y Judea las teologías son radicalmente contrarias.

Los profetas del norte, fanáticamente nacionalistas y antimonárquicos, están convencidos de que todos los males de Israel se derivan de la monarquía (cfr. Os 13,11). Los del sur, fervientes monárquicos, jamás pusieron en discusión la validez del ya extinto reino de David (cfr. Is 9,6).

La capital de Galilea es Séforis [17], ciudad grande e importante, situada en una montaña justo frente a Nazaret, de la que dista apenas unos cuatro kilómetros y medio [18]; posteriormente, Herodes

---

[15] Tácito, *Anales,* 12,54.
[16] Is 8,23 LXX: *Galiláia tôn ethnôn.*
[17] Hoy, Ṣippori.
[18] Flavio Josefo, *Bell.,* III, 2,4; cfr. E. Schürer, *Historia del pueblo judío en tiempos de Jesús,* Cristiandad, Madrid 1985, II, p. 236.

Antipas edificará a orillas del lago de Galilea una nueva capital, a la que dará el nombre de Tiberiades, en honor del emperador Tiberio [19].

Tiberiades es edificada en la zona más bella de Galilea [20], pero los judíos ortodoxos se negarán siempre a poner en ella los pies: la nueva capital surge sobre las ruinas de un antiguo cementerio, y la Biblia afirma que cualquier contacto con las tumbas produce impureza ritual por siete días (Nm 19,16) [21]. Para poblar la ciudad, Herodes se vio obligado a hacer llegar a extranjeros y aventureros de toda clase. Tiberiades se convirtió muy pronto en una ciudad marcadamente cosmopolita [22].

Además de Séforis, otro centro importante de Galilea es Cafarnaún (aram. *Kefar Nahum* = «Pueblo de Nahum»). A treinta y cinco kilómetros de Nazaret, era un destacado centro comercial, parada obligada para las caravanas que desde oriente se dirigían hacia el Mediterráneo. Se trata, también en este caso, de una ciudad de población mixta.

Desde la mitad del último siglo antes de Cristo, Galilea es, sin duda, la región hebrea más turbulenta de todo Israel [23], tanto que el historiador Flavio Josefo escribe que «... los galileos son belicosos desde pequeños» [24]; de esta manera, con el término «galileo» no se entenderá sólo «habitante de Galilea», sino también, y sobre todo, «rebelde», «revolucionario», «pendenciero»; en los escritos rabínicos, el adjetivo «galileo» es siempre sinónimo de «execrable», «gentuza sin ley» [25].

Los galileos se distinguen también por estar entre los más temerarios y feroces miembros de la secta de los zelotes, los fanáticos practicantes de la «guerra santa» que han elegido la lucha armada

[19] Flavio Josefo, *Antigüedades judías,* XVIII, 2,3; *Bell.,* II, 9,1; E. Schürer, *op. cit.,* II, pp. 243-249. Cfr. A. Paul, *op. cit.,* p. 204.

[20] Flavio Josefo, *Ant.,* XVIII, 2,3.

[21] Cfr. Flavio Josefo, *Ant.,* XVIII, 2,3; *Berešit Rabbah,* 79,6.

[22] Cfr. E. Schürer, *op. cit.,* I, p. 444.

[23] «... Galilea es una región de agitación endémica» (H. Echegaray, *La prassi di Gesù,* Cittadella, Asís 1983, p. 58). Cfr. G. Vermes, *Gesù l'ebreo,* Borla, Roma 1981, p. 53.

[24] Flavio Josefo, *Bell.,* III, 3,2.

[25] Cfr. G. Vermes, *op. cit.,* p. 64.

contra el invasor romano. Estos terroristas, que «infestan gran parte de la región» [26], se han hecho fuertes en la zona montañosa de Galilea, donde pueden contar con el apoyo incondicional de sus habitantes; y Nazaret es, precisamente, uno de sus refugios.

Desde Nazaret, María asistió sin duda a la destrucción de Séforis por las legiones romanas de Quintilio Varo; en la antigua capital se habían atrincherado los zelotes del célebre Judas el Galileo [27], que había transformado toda la región en un auténtico campo de batalla [28].

Tratada con desprecio por los judíos (que consideraban a Galilea excluida de la acción de Dios: «Estudia y verás que de Galilea no salen profetas» [Jn 7,52] [29]), la gente de esta región no goza de buena reputación; al contrario, no podría tenerla peor.

Los judíos, que dan gracias a Dios tres veces al día por no haberlos creado «ignorantes» [30], no esconden su disgusto por los toscos galileos; lo manifiestan abiertamente, con una rica serie de proverbios, narraciones y dichos populares, en los que expresan una arraigada repugnancia por la mayor parte de ellos: es por culpa de los *ʿam ha-ʾāreṣ* (lit. «gente de la tierra» = ignorantes, patanes) [31] por lo que el Reino tarda en llegar; por su causa ha bajado el castigo al mundo [32] y para ellos ¡no hay resurrección! [33]

Considerados inmundos —sus vestidos contaminan los de las

---

[26] Flavio Josefo, *Bell.*, I, 16,2.

[27] Flavio Josefo, *Bell.*, II, 4,1,5,1,68; *Ant.*, 17,10,1-5; 289.

[28] Cfr. H. Guevara, *La resistencia judía contra Roma en la época de Jesús*, Meitingen 1981, pp. 67-108. Cfr. E. Schürer, *op. cit.*, I, p. 431; I. Epstein, *Il giudaismo*, Feltrinelli, Milán 1987, p. 92; H. Echegaray, *op. cit.*, p. 58.

[29] ¡Pero Jonás es galileo! Cfr. 2 Re 14,25.

[30] *Men.* B. 43b.

[31] Según el Talmud, se debe considerar como *ʿam ha-ʾāreṣ* el que «no observa las leyes de lo puro y lo impuro cuando come; no paga la décima parte de sus frutos, como manda la ley; no recita el *šemaʿ* por la mañana y por la noche; no se pone las filacterias; no lleva los ribetes rituales; no pone la mezuzah en la puerta; no educa a los hijos en el estudio de la Torah» (*Berakot*, B. 47b). Sobre los *ʿam ha-ʾāreṣ*, cfr. S. Schürer, *op. cit.*, II, pp. 518-519; J. Jeremias, *op. cit.*, pp. 273-274.

[32] *B. B.* B. 8a.

[33] *Ket.* B. 111b.

personas piadosas [34]—, se piensa que son incapaces de observar los preceptos religiosos [35]; su testimonio no es aceptado [36], y a los discípulos de los rabinos les está prohibido sentarse a la mesa con ellos y también «vender o comprar fruta fresca o seca, entrar en su casa como huéspedes o aceptarlos en la propia como tales...» [37]

Las mujeres, además, son consideradas como los reptiles, por lo que el acostarse con ellas cae bajo la prohibición bíblica que dice: «Maldito el que yace con cualquier bestia» (Dt 27,21) [38]; los rabinos añaden: «quien se casa con ella morirá o será deportado...» [39]

Este catastrófico cuadro se completa con los problemas que plantea la «lengua» [40].

Los galileos se reconocen en seguida por su pronunciación desagradable e incorrecta; no distinguen las diversas consonantes guturales: «¡... pero tu habla te traiciona!» (Mt 26,73), y, de esta manera, son ridiculizados por no ser capaces de expresarse en un comprensible arameo. En este sentido, se cuenta la siguiente anécdota:

«... un galileo fue al mercado de Jerusalén a comprar algo que él llamaba 'amar'. Los mercaderes se reían de él: Estúpido galileo, ¿quieres algo para montarlo? (asno = *ḥamor*), ¿para beber? (vino = *ḥémer*), ¿para vestir? (lana = *ṣémer*), ¿o para el sacrificio de un cordero? (= *'immar*)» [41].

---

[34] *Ḥag.* M. 7.
[35] *Pes.* B. 49b.
[36] *Lo' 'am ha-'áreṣ ḥasid* = «el ignorante no puede ser piadoso» (Hillel, *Pirqé Abot,* II, 6).
[37] *Dem.* M. 2,3. Para toda esta cuestión cfr. E. Schürer, *op. cit.,* II, pp. 503-506.
[38] Cfr. G. Vermes, *op. cit.,* p. 63.
[39] *Pes.* B. 49a.
[40] Para la importancia de las formas dialectales, véase la guerra entre las tribus de Efraín y Galaad: los primeros fueron descubiertos, y los mataron, porque en lugar de *šibbólet* (cebada) pronunciaban *sibbolet* (sebada). Cfr. Jue 12,6. Los rabinos de Babilonia del siglo III afirmaban que la doctrina galilea había desaparecido a causa de lo poco cuidado del lenguaje de los galileos. *Erub.* B. 53a.
[41] *Erub.* B. 53a.

La superioridad de los judíos es tal, que permite que incluso sus mujeres —consideradas, como tales, seres inferiores al hombre— se dirijan con desprecio a los hombres galileos:

«Yosef el galileo, cuando estaba de viaje, se encontró con Beruria, la mujer de Rabí Meir, y le preguntó: ¿qué camino debo tomar para ir a Lod? Ella le respondió: Estúpido galileo, las personas inteligentes no hablan así. ¿No se dice *no te entretendrás demasiado con una mujer?* Deberías haberme preguntado: ¿Para Lod?» [42]

Naturalmente, los galileos no se quedan impasibles ante tales ofensas, sino que responden a ellas con el mismo odio, como nos lo da a entender el siguiente episodio:

«Rabí Aqiba dice: Cuando era un *'am ha-'áreṣ* pensaba: si me encuentro con el discípulo de un sabio me gustaría morderle como un asno. Replicaron los discípulos: Rabí, di como un perro. Respondí: ¡Aquél muerde y rompe los huesos, éste muerde y no rompe los huesos!» [43]

Éste es el contexto, no demasiado luminoso, en el que se inicia la existencia de María: en una de las naciones más insignificantes de aquel tiempo, el pequeño [44] y sometido Israel; en la región de los patanes, en el pueblo con peor fama de esta región y, como ahora veremos, con la más ínfima condición para un ser humano de aquel tiempo: la de mujer.

---

[42] *Erub.* B. 53b.

[43] *Pes.* B. 49b.

[44] «Si el Señor se enamoró de vosotros y os eligió no fue por ser vosotros más numerosos que los demás —porque sois el pueblo más pequeño—, sino por puro amor vuestro...» (Dt 7,7-8). «... los judíos son esclavos huidos de Egipto que jamás hicieron nada importante y nunca han contado para nada...» (Orígenes, *Contra Celsum* [Discurso verdadero]: PG XI, IV, 31). Jerónimo escribe que se «avergüenza de decir la extensión de la tierra prometida..., territorio que apenas alcanza las 160 millas de longitud», porque le «parece que da a los paganos la oportunidad de blasfemar» *(Ep. CXXIX, A Dardano,* 4: PL 22). Cfr. A. Chouraqui, *La vita quotidiana degli uomini della Bibbia,* Mondadori, Milán 1988, p. 21.

IDIOTAS, MUJERES Y BASTARDOS

«...*Maldito aquel cuya descendencia son hembras*» (*Qiddušim*, B. 82a-b).

Gracias a los libros más antiguos de la Biblia sabemos que hubo un tiempo en el que la mujer gozaba de cierta libertad: participaba en las fiestas públicas religiosas (2 Sm 6,19; Dt 12,12), tomaba parte activa en las procesiones litúrgicas (Jue 21,21) y en el banquete sacrificial (1 Sm 1,4ss). La alusión más antigua al papel de las mujeres en la vida religiosa habla incluso de *ṣobe'ot* (lit. «combatientes»): encargadas especiales en el servicio de orden a la entrada de la Tienda del Encuentro (Éx 38,8; cfr. 1 Sm 2,22; 2 Re 23,7).

El judaísmo (la época que empieza después del exilio de Babilonia [siglo v] con la reforma de Esdras y Nehemías) instaura un régimen de intolerancia y de fanatismo religioso: la Torah se convierte en ley del Estado, y el pecado en un delito que puede ser castigado con la pena de muerte (Esd 7,26). Se priva a las mujeres de los pocos derechos que tienen; Esdras obligará a los hebreos casados con mujeres extranjeras a repudiarlas y despedirlas ¡con todos sus hijos! (Esd 10).

Fruto de esta intolerancia será una creciente aversión hacia todo lo relativo a la mujer:

> «El mundo no podría existir sin varones y hembras, pero ¡feliz aquel cuyos hijos son varones! y ¡ay de aquel cuya descendencia son hembras!» [1],

---

[1] *B. B.* B. 16b

sentencia el Talmud, la revelación oral que goza de la misma autoridad divina que la escrita [2]; y así piensa la gente, sometida a un ordenamiento civil y religioso que gira alrededor de un machismo total.

Muchas veces oyeron repetir en la sinagoga los padres de María que, mientras los hijos varones son una bendición divina, el nacimiento de una niña es siempre signo de un castigo. Y habían oído comentar de esta manera el versículo de la Biblia «El Señor bendijo en todo a Abrahán» (Gn 24,1): «¿Qué significa 'en todo'? Significa ¡que no tenía hijas!» [3] Y saben que la bendición bíblica «El Señor te bendiga y te proteja» (Nm 6,24) significa precisamente: «Te bendiga con hijos varones y te proteja de las hijas, porque éstas necesitan una atenta vigilancia» [4]. No debió de haber, pues, demasiada alegría en la casa de los padres de María el día de su nacimiento.

El varón es siempre una bendición, dos nuevos brazos, fuerza y trabajo; pero una mujer es «una secreta inquietud, la preocupación por ella aleja el sueño» (Eclo 42,9). Una niña es un ser inútil, una boca más que alimentar: la Mišnah, al referir las discusiones de los rabinos sobre la obligación de los padres de alimentar o no a sus hijas, sentencia que «el padre no está obligado a alimentar a su hija» [5].

Estos conceptos están tan enraizados en la cultura hebrea, que las palabras de Rabí Hisda «No se ama más a los hijos que a las hijas» resultarán incomprensibles a los comentaristas posteriores, que se ven obligados a investigar para ofrecer extravagantes explicaciones, como: «tuvo más suerte con sus hijas, pues sus hijos habían muerto» (Rasi); algunos intentarán justificar esta afirmación de Rabí Hisda manteniendo que sus hijas se habían casado con diversos rabinos... [6]

¡Una mujer!

---

[2] Cfr. *Sifr. Behugotaï.*
[3] *B. B.* B. 16b.
[4] *Números Rabbah* 11,5.
[5] *Ket.* M. 4,6; Y. 28d; B. 49a y 51a.
[6] Según los tosafistas. Cfr. J. Jeremias, *op. cit.*, p. 386.

¿En qué culpa habría incurrido para merecer tal castigo? ¿Habría quizá ofendido a Lailah, el ángel encargado de vigilar la concepción? [7]

El nacimiento de una niña es siempre causa de tristeza, hasta el punto de que, para conjurarlo, cuando se produce la concepción el hombre debe rezar con fervor (desde el tercer día hasta el cuadragésimo) implorando de la misericordia divina el nacimiento de un varón [8]; y cuando llega la hora del parto, se intenta aliviar el dolor de la parturienta diciéndole: « ¡No temas, que será varón! » [9]

Los padres no consiguen disimular el fastidio que provoca en ellos el nacimiento de una niña. El padre se enfada: ¡esto es un «no hijo», es una «semilla desperdiciada»! Necesita procrear de nuevo, y quiera Dios que se trate, finalmente, de un varón. La madre está molesta: al haber dado a luz a una hembra (en vez de un varón), durante tres meses permanecerá «impura» y deberá purificarse continuamente con las pesadas abluciones previstas en la Ley (cfr. Lv 12,5).

Una desilusión tan grande se ve reflejada probablemente en la elección del nombre. Le imponen el de Miryam (o Mariam) [10], el mismo de la intrigante y chismosa hermana de Aarón y Moisés, excluida de la escalada al poder y castigada por Dios por su ambición insaciable (pretendía el título de «profetisa»; cfr. Éx 15,20; Nm 12,6-8). Pasa a la historia como «lengua malvada» [11] y su nombre ya no aparece más en la Biblia, pues se piensa que evoca la maldición de parte de Dios (Nm 12,9) [12].

---

[7] *Nid.* B. 16b.

[8] *Ber.* B. 9,60a.

[9] *Ber.* r. 82,8.

[10] Nombre hebreo de incierto significado, quizá «Amada», «Ensalzada» (véase F. Zorell, *Lex. graec. NT* [1931]).

[11] Envidiosa del hermano, aprovecha el matrimonio de Moisés con una negra para desacreditarlo. Dios la castiga con la lepra y a su muerte —descrita con sólo cinco palabras— será prohibido el duelo: « ¡No lloréis por una vieja!...» (Nm 12,1-10; *Sifré Deuteronomio* 24,9, § 274, 123a; cfr. *Sifr. Nm* XII, 1, § 9, 98). Cfr. D. Lattes, *Nuovo commento alla Torah,* Carucci, Roma 1986, pp. 457-496.

[12] El nombre —aparte de los episodios que se refieren a la hermana de Moisés— aparece una sola vez en 1 Cr [LXX] 4,17, en masculino.

Existe un remedio usual —además de ser legal— para superar la tristeza que produce el nacimiento de una hembra: por la noche se abandona a la niña recién nacida en una esquina, junto a los montones de basura, o en campo abierto [13]; si no la despedaza cualquier animal vagabundo, a las primeras luces del alba la recogerá el traficante de esclavos para criarla y venderla como prostituta hacia los cinco-ocho años [14].

Se trata de una práctica a la que se oponen los rabinos, pero usual en el vecino e influyente mundo griego, hasta el punto de provocar casos como el de un obrero que escribe con suma naturalidad a su mujer, que está encinta:

«Cuando des a luz, si es varón, tenlo; si es una niña, expónla» [15].

De modo análogo, escribe un autor del siglo III:

«A un hijo lo cría cualquiera, aunque sea pobre; a una hija la exponen siempre, incluso los ricos» [16].

Ni siquiera el gran Aristóteles consigue idear algo mejor; para evitar que se forme una importante franja de indigentes en la sociedad, aconseja a las autoridades públicas que legalicen los abortos

---

[13] «Nadie se apiadó de ti..., sino que te arrojaron a campo abierto, asqueados de ti, el día en que naciste» (Ez 16,5). Se llama «expósito el niño recogido en la calle y del que no se conoce padre ni madre». Cfr. *Qid.* M. 4,1.2; *B. M.* B. 87a.

[14] Cfr. C. Salles, *I bassifondi dell'antichità,* CDE, Milán 1984, pp. 47-48. «Cuando no se consigue impedir el nacimiento de un niño, se tiene siempre un recurso extremo que, ni siquiera éste, pasa por criminal: se mata o se expone. La exposición es bastante frecuente: el niño abandonado por sus padres y recogido por un alma buena es uno de los protagonistas preferidos de la comedia nueva» (G. Glotz, *La città greca,* CDE, Milán 1984, p. 263). «La finalidad de esta práctica consiste frecuentemente en la eliminación de seres deformes, 'indignos de vivir', entre los que se incluye a veces a las niñas...» Cfr. A. Oepke, art. *páis,* en GLNT, IX, 234 y 250.

[15] Cfr. C. Salles, *op. cit.*, p. 48.

[16] Posídipo de Casandra, *El Hermafrodita.* Véase también la fiesta griega de las Anfidromías, ceremonia en la que, cinco días después del nacimiento, el padre acepta al neonato y, desde ese momento, ya no tiene derecho a desembarazarse de él. En el caso del hijo no deseado, antes de esta fiesta el neonato se deposita fuera de casa en una vasija de arcilla...

y las exposiciones [17]. Esta costumbre no será suprimida oficialmente, en el mundo romano, hasta el siglo IV d. C. [18] Distintivo propio de los primeros cristianos será el no practicar la exposición de los recién nacidos [19].

La misma Biblia, Palabra de Dios, discrimina claramente el sexo del futuro niño. En efecto, el libro del Levítico prescribe:

> «Cuando una mujer dé a luz un hijo, quedará impura durante siete días, como en la impureza de la menstruación. El octavo día circuncidarán al hijo, y ella pasará treinta y tres días purificando su sangre: no tocará cosa santa ni entrará en el templo hasta terminar los días de su purificación.
>
> Si da a luz una hija, quedará impura durante dos semanas, como en la menstruación, y pasará sesenta y seis días purificando su sangre» (Lv 12,2-5) [20].

La Biblia considera inspirado por el Espíritu Santo a Jefté, el bandido que sacrifica a su hija única para ofrecerla al Señor en acción de gracias por la victoria obtenida sobre los Ammonitas (Jue 11,3.29ss). Según el autor de *Antigüedades bíblicas,* es Dios mismo quien, ofendido por el primitivo ofrecimiento de Jefté, «lo primero que encuentre», exige el sacrificio de la hija: «Jefté ha hecho la promesa de ofrecerme lo primero que le salga al encuentro. ¿Y si es un perro? ¿Será ésta la ofrenda? ¡Que caiga el voto de Jefté sobre su criatura primogénita..., su única hija! » [21]

El versículo del Génesis que se refiere a la creación de la mu-

[17] Cfr. G. Glotz, *op. cit.,* p. 263.

[18] Cfr. C. Salles, *op. cit.,* p. 189.

[19] Cfr. *Discurso a Diogneto,* 5. Justino (siglo II), después de haber declarado un «delito exponer a los neonatos», expresa el «temor de que algún niño no sea recogido por nadie y pueda morir», y afirma que «... se crían hatajos de niños para usarlos torpemente...» (1.ª Apología, 27.29).

[20] La justificación de estas disposiciones es que «La primera semana fue creado Adán, y la costilla, su mujer, [Dios] se la mostró la semana segunda, por lo que se dio el mandamiento de respetar, para los varones, siete días, y para las hembras, dos veces siete días de impureza. Y después que se cumplieron para Adán cuarenta días [de permanencia] en la tierra en donde fue creado, le hicimos entrar en el jardín del Edén para que lo cultivara y lo cuidara. Y a la mujer la hicieron entrar el octogésimo día...» (Libro de los Jubileos 3,8-9).

[21] *Antigüedades bíblicas* (Pseudo Filón), 39,11.

jer: «El Señor Dios se dijo: No está bien que el hombre esté solo; voy a hacerle el auxiliar que le corresponde» (Gn 2,18), es comentado de esta manera:

«¿Y por qué no le había creado [el auxiliar] antes? El Santo, bendito sea, sabía que Adán se quejaría de ella, por eso no la creó hasta que él no la pidió...» [22]

Y en relación con el haber sido creada de una costilla del hombre (Gn 2,21-22):

«... Está escrito 'meditó' porque pensaba que debía crearla. Dijo: no la crearé de la cabeza, para que no se ensoberbezca; ni del ojo, para que no esté ansiosa por ver; ni de la oreja, para que no sienta curiosidad de escuchar; ni de la boca, para que no sea charlatana; ni del corazón, para que no sea celosa; ni de la mano, para que no toque todo lo que tenga a mano; ni del pie, para que no sea una andorrera; sino de un lugar que está escondido en el hombre y que, incluso cuando el hombre está desnudo, queda cubierto. Por cada miembro que le formaba, [Dios] le decía: Sé una mujer modesta, una mujer modesta, y sin embargo: Habéis descuidado todos mis consejos y no habéis agradecido mi reprensión (Prov 1,21). No la he creado de la cabeza, pero ella se ha ensoberbecido, como está dicho: 'caminan con el cuello estirado' (Is 3,16). Ni del ojo, pero está ansiosa de ver, como está dicho: 'están ansiosas por ver' (Is 3,16). Ni de la oreja, pero está ansiosa por oír, como está dicho: 'habló María... contra Moisés, etc.' (Nm 12,1). Ni del corazón, pero es envidiosa, como está dicho: 'Raquel sintió envidia de su hermana' (Gn 30,1). Ni de la mano, pero lo toca todo: 'robó Raquel los ídolos de su padre' (Gn 31,19). Ni del pie, pero es una andorrera: 'salió Dinah..., etc.' (Gn 34,1)» [23].

No totalmente satisfecho, acosa de esta manera el comentarista del Génesis:

«Cuatro tipos de defectos se dice que tienen las mujeres: son glotonas, furiosas, perezosas y envidiosas... también enredadoras y charlatanas... y también ladronas y vagabundas...» [24]

---

[22] *Ber.* r. 17,4.
[23] *Ibidem* 18,2.
[24] *Ibidem* 45,5.

La condición de inferioridad de la mujer queda fijada en las fórmulas de oración:

«El hombre está obligado a ofrecer a [Dios] tres bendiciones al día: porque me has hecho hebreo, porque no me has hecho mujer, porque no me has hecho ignorante»[25].

Y la mujer, resignada, debe contentarse con dar gracias al Señor por haberla creado «según su voluntad...»[26]

En este ambiente tan fuertemente caracterizado se inicia la vida de la Madre de Dios.

No tenemos documentos fiables que nos hablen de la familia de María, pero es fácil suponer que el suyo, como tantos otros, fue un núcleo familiar con abundancia de hijos; y donde hay varones, las hembras son siempre las últimas en los derechos y las primeras en los deberes. La única formación que se ofrece a María es la del trabajo, pues las escuelas están reservadas a los muchachos[27]; la muchacha, al contrario, debe aprender desde la más tierna edad a moler la harina, hacer el pan, traer el agua y la leña, hilar, tejer, coser y, además, tomar parte activa en el trabajo del campo: arar, sembrar, cosechar, vendimiar...[28]

En relación con esto, resulta iluminador el retrato que la Biblia (escrita, naturalmente, por hombres) hace de la «mujer perfecta»:

«Adquiere lana y lino,
sus manos trabajan a gusto.
Todavía de noche se levanta
y prepara el alimento a su familia...
con lo que ganan sus manos
planta una viña...
Trabaja con gran energía,
sus brazos no están nunca cansados...
y aun de noche no se apaga su lámpara.
Extiende la mano hacia el huso
y sostiene con la palma la rueca.

---

[25] *Ber.* Y. 13b. Cfr. *Tos. Ber.* 6,18.
[26] Cfr. A. Oepke, art. *gynê,* en GLNT, II, 695-696.
[27] Cfr. J. Jeremias, *op. cit.,* p. 384.
[28] Cfr. *Ber.* r. 52,12.

... fabrica mantas,
confecciona tejidos de lino...
provee de cinturones a los comerciantes.
Jamás es perezosa o indolente,
se preocupa de la marcha de la casa...» (Prov 31,13ss).

Los rabinos han subrayado diligentemente cómo en el libro del Deuteronomio está escrito: las palabras del Señor «las enseñaréis a vuestros hijos» (Dt 11,19); y, por tanto, ¡no a las «hijas»! [29] Por esto, María, en cuanto mujer, queda excluida no sólo de la formación escolar, sino también de la instrucción religiosa, como ilustra esta anécdota:

«Una vez que una mujer hizo a un doctor una pregunta acerca del becerro de oro, éste le respondió: Una mujer no tiene que aprender otra cosa que a servirse del huso» [30].

Y la Mišnah prescribe que:

«Todos están obligados a presentarse ante Dios a excepción de: el sordo, el idiota y el niño, el hombre que tiene los órganos escondidos, el andrógino, la mujer, los esclavos, los cojos, los ciegos, los enfermos, los viejos y cuantos no pueden caminar» [31].

En otra lista se le niega a la mujer incluso la igualdad con los esclavos y los bastardos:

«Todos están obligados a leer la Meguillah [libro de Ester]: sacerdotes, levitas, israelitas, esclavos liberados, prosélitos, bastardos, eunucos. Las *mujeres,* los niños y las esclavas no están sometidos a esta obligación...» [32]

---

[29] *Qid.* B. 29b. Cfr. *Ber.* Y. 6b.

[30] *Yom.* B. 66b.

[31] *Hag.* M. 1,1.

[32] *Tos. Meg.* 2,7. Por lo demás, tampoco son tan distintas las cosas en el cercano y más refinado mundo griego, donde la mujer es definida «el monstruo más feroz que existe sobre la tierra»; se afirma, además, que: «Quien enseña a una mujer no hace más que aumentar el veneno de una terrible serpiente» (Menandro, fr. 488, 804, 702; C. A. F. III, 210). Cfr. A. Oepke, *op. cit.,* pp. 695-696.

Hasta llegar a extremos como:

«Que las palabras de la Torah sean destruidas por el fuego antes que enseñársela a las mujeres» [33], y «Quien enseña a su hija la Torah es como si le enseñase obscenidades» [34].

Sin derechos civiles [35], consideradas más como cosas que como personas [36], y siempre asociadas a las otras dos categorías subhumanas de aquel tiempo (esclavos y niños), las mujeres, «seres pestilentes» [37], no forman parte de las listas de nombres de persona para los que se pide la bendición [38]; están dispensadas de las obligaciones de recitar la gran oración, el *Šemaʿ* (Escucha), de llevar filacterias y del cumplimiento de todos los preceptos positivos [39]; no son invitadas a recitar en común la bendición de la mesa [40]; tampoco están obligadas a peregrinar a Jerusalén en las grandes fiestas del año, ni a habitar en chozas (durante la Fiesta de las Chozas), y, finalmente, en la sinagoga están separadas de los hombres y tienen un puesto aparte.

La mujer está totalmente marginada de la vida civil: «lo habitual para la mujer es estar en casa y lo habitual para el hombre es salir y aprender de los hombres» [41]; su puesto en casa es la cocina, y no come con los hombres, a los que sólo debe servir (Gn 18,9; Rut 2,14).

Sara miente al Señor al negar que se había reído de la revelación de su próxima maternidad [tanto el marido como ella eran ya viejos] (Gn 18,15) [42], y la mujer es considerada desde entonces irremediablemente embustera: no puede ni juzgar ni testificar [43]. Ade-

---

[33] *Sot.* B. 19a.
[34] *Sot.* M. 3,4.
[35] El padre puede vender como esclava a su propia hija. Cfr. *Qid.* Y. 59c.
[36] A. Oepke, *op. cit.*, p. 706.
[37] *Ber.* r. 17,8.
[38] *Ber.* M. 7,2.
[39] *Ber.* B. 20b; Y. 6b.
[40] *Ber.* B. 47b.
[41] *Ber.* r. 18,1.
[42] *Yom.* B. 43b.
[43] *Šeb.* M. 4,1.

más de embustera, es considerada una charlatana incurable, como enseña el Talmud:

«Diez medidas de palabras bajaron al mundo; las mujeres cogieron nueve, una los hombres» [44].

Enumerada en una versión del decálogo entre las propiedades del hombre, la mujer es considerada como un animal: como la vaca o el asno [45], se compra [46] y se vende [47]; puede ser ofrecida como recompensa (Jos 15,16) y usada por el marido para defenderse a sí mismo (cfr. Gn 12,12.20; 19,8; 20,2; Jue 19,24-27). El padre puede vender como esclava a su propia hija (véanse Éx 21,7; Neh 5,5) [48].

En el botín de guerra, las mujeres aparecen enumeradas después de los asnos (cfr. Nm 31,34-35.39-40).

La mujer no tiene derecho a la herencia, y en caso de muerte del marido, la viuda vuelve a su familia de origen. Las hijas tampoco heredan, pues, si fuera así, algunas propiedades acabarían en manos de otras familias.

La explicación teológica de todo esto, además del hecho ya reseñado de que en la Biblia se hable de «tus hijos» (Dt 11,19), y no de «tus hijas» [49], hunde sus raíces en la Berit Milah: la circuncisión como signo del pacto con Dios [50], de la que la mujer está, evidentemente, excluida [51].

---

[44] *Qid.* B. 49b.

[45] «No desear la mujer de tu prójimo..., ni su vaca..., ni su asno..., ni ninguna otra cosa...» (Éx 20,17).

[46] *Qid.* Y. 59d, 64a.

[47] *Sot.* M. 8. Según la tarifa para el rescate de quienes son consagrados al Señor, la mujer vale casi la mitad que el hombre: «Un varón entre los veinte y los sesenta años vale 50 siclos de plata; una mujer, 30» (Lv 27,5). La edad influye en la valoración: a los sesenta años, la mujer apenas vale 10 siclos (Lv 27,7).

[48] Cfr. *Qid.* Y. 59c. Véase M. Adinolfi, *Il femminismo nella Bibbia,* Pont. At. Anton., Roma 1981, p. 138.

[49] *Ber.* Y. 6b.

[50] «Ésta es mi alianza, que debéis observar...: que todo varón entre vosotros sea circuncidado. Os dejaréis circuncidar la carne de vuestro miembro y éste será el signo de mi alianza entre mí y vosotros» (Gn 17,10-11).

[51] Cfr. I. Magli, *Gesù di Nazareth,* Rizzoli, Milán 1982, pp. 45-46. En la

Esta explosiva mezcla de ignorancia, superstición y tabú del sexo lleva también a desconcertantes aberraciones; por ejemplo, la castración de las mujeres: «Quien castra a los varones es culpable; no lo es si castra a las mujeres» [52].

Gran parte de los motivos que inducen a considerar a la mujer como un ser humano de ínfima categoría se deben, pues, al sexo y a cuanto de misterioso representa. Todo lo concerniente a la vida sexual produce impureza (cfr. Lv 15,19ss). La mujer, en particular, a causa de la menstruación, se encuentra en un continuo estado de impureza, estado en el que puede contaminar a cualquiera que la toque o a cualquier objeto que ella pudiera tocar, y que le impide durante el ciclo el acceso incluso a los patios del templo reservados a los impuros paganos [53].

He aquí lo que prescribe el libro del Levítico:

> «La mujer, cuando tenga su menstruación, quedará manchada durante siete días. El que la toque quedará impuro hasta la tarde. El sitio donde se acueste o donde se siente, mientras está manchada, quedará impuro. El que toque su casa, lavará sus vestiduras, se bañará y quedará impuro hasta la tarde. El que toque el asiento que usó, lavará sus vestidos, se bañará y quedará impuro hasta la tarde. Si está ella sobre la cama o el asiento, el que los toque quedará impuro hasta la tarde. Si un hombre se acuesta con ella, pasará también a él la mancha: quedará impuro durante siete días, y dejará impura la cama en que se acueste.
>
> Cuando una mujer tenga hemorragias frecuentes, fuera o después de la menstruación, quedará impura, como en la menstruación, mientras le duren las hemorragias. La cama en que se acueste mientras le duran las hemorragias quedará impura, lo mismo que en la menstruación. El asiento en que se siente quedará impuro como en la menstruación. El que los toque quedará impuro. Lavará sus vestidos, se bañará y quedará impuro hasta la tarde. Si cura de sus hemorragias, contará siete días, y después quedará pura» (Lv 15,19-28).

Birkat ha-ʾâreṣ [bendición de la tierra] las mujeres omiten las palabras «el pacto que está impreso en nuestra carne» *[we ʿal beriteka še hatamta bivesarenu]*, que se refiere a la circuncisión. Cfr. *Berakot. Introduzione alle benedizioni*, Carucci, Roma 1980, p. 26.

[52] *Yeb.* M. 7;4.

[53] Flavio Josefo, *Bell.*, V, 5,6a.

A las prescripciones de Moisés, los rabinos añaden: la mujer que se vea una gota de sangre del tamaño de un grano de mostaza, debe quedarse encerrada los siete días prescritos para la purificación[54], y que «cuando una mujer con la menstruación pasa entre dos hombres, si es al inicio del período, mata a uno de ellos; si está al final, provoca una lucha entre ellos»[55].

El libro del Levítico (15,18) establece también que toda relación sexual provoca impureza. Puesto que la mujer sólo puede tener relaciones cuando no tiene la menstruación, ella se encuentra, por la fuerza de las cosas, en un estado de continua impureza.

Al alcanzar la madurez sexual, las mujeres pierden la poquísima libertad de que hasta entonces podían gozar y son segregadas dentro de las casas: jamás salen antes del matrimonio, salvo en rarísimas circunstancias, y los hombres tienen prohibido hablar con ellas por la calle[56].

Signo visible de tal segregación es el velo que deben llevar siempre en la cabeza, incluso durante las relaciones matrimoniales (cfr. Gn 38,14ss). «Jamás vieron las vigas de mi casa las trenzas de mis cabellos», responde, orgullosa, la madre de siete hijos, todos sumos sacerdotes, a quien le preguntaron cómo había podido alcanzar tanto honor[57].

Las prostitutas son las únicas que no llevan velo. La mujer que se arriesga a salir sin cubrirse la cabeza y el rostro, ofende hasta tal punto la moral, que el marido tiene el derecho —además del deber— de repudiarla sin que tenga obligación de devolverle la suma acordada en el contrato matrimonial para tal eventualidad[58]. Sólo el día de la boda está permitido a la esposa mostrarse con la cabeza descubierta en el cortejo nupcial[59]; los demás días está cubierta hasta el punto de no ser reconocible. Se cuenta, a este respecto, el episodio de un sacerdote de Jerusalén que no reconoció a

---

[54] *Ber.* B. 31a.
[55] *Pes.* B. 3a.
[56] *Ber.* B. 43a.
[57] *Yom.* B. 47a; *Meg.* Y. I, 12,72a.
[58] Cfr. *Ket.* M. 7,6; Nm 5,18. Véase J. Jeremias, *op. cit.*, p. 371.
[59] Cfr. J. Leipoldt y W. Grundmann, *El mundo del Nuevo Testamento. Estudio histórico-cultural,* Cristiandad, Madrid 1973, I, p. 192.

su propia esposa mientras la sometía al «juicio de Dios» prescrito para la mujer sospechosa de adulterio [60].

Consideradas proclives a la idolatría —«la mejor de las mujeres practica la idolatría» [61]— y de abandonarse a prácticas mágicas —«muchas mujeres, muchas brujerías» [62]—, se piensa incluso que «si dos mujeres se sientan en una encrucijada, cada una a un lado de la calle, y mirándose cara a cara, seguro que se dedican a la brujería» [63].

La Biblia afirma: «Por una mujer comenzó el pecado, por su culpa todos morimos» (Eclo 25,24) [64]; ésta es la explicación de la costumbre de asignar a las mujeres el primer puesto en los cortejos fúnebres: «Puesto que han traído la muerte al mundo, ellas preceden el féretro, como está escrito: Tras vosotras se marcha todo hombre, y por delante, innumerables» (Job 21,33) [65]. Las mujeres son consideradas la primera causa de cualquier desdicha nacional [66], y está extendida la creencia de que es peligroso encontrarse con ellas cuando han estado en contacto con los muertos, puesto que pueden ser motivo de más lutos y desgracias [67].

Son consideradas responsables no sólo del pecado de Adán (Gn 3) y, consiguientemente, de la muerte, sino también del nacimiento de los demonios [68] y, como consecuencia directa, del diluvio (Gn 6,5ss):

> «Por estas tres cosas se produjo el diluvio sobre la tierra: por la fornicación de los ángeles vigilantes con las hijas de los hombres; porque tomaron esposas entre las que habían elegido, y porque dieron comienzo a la impureza» [69].

---

[60] *Pes.* r. 26,129b. Cfr. J. Jeremias, *op. cit.*, p. 371. Sobre el «juicio de Dios», cfr. Nm 5 y el tratado Sota.
[61] *Qid.* Y. 66c-d.
[62] *P. Ab.* 2,8.
[63] *Pes.* B. 3a.
[64] Cfr. Henoc eslavo 30,17; *San.* Y. 20b y 44.
[65] *Ber.* r. 17,8.
[66] El libro de los Números culpa a las mujeres moabitas del azote que cayó sobre Israel, causando veinticuatro mil muertos (Nm 25,1-9), y Moisés ordenará la masacre de todas las mujeres madianitas hechas prisioneras (Nm 31, 13-18).
[67] Cfr. *Ber.* B. 51a.
[68] *Henoc. Libros de los vigilantes,* II, VI, 1ss; XV, 1ss; XVI.
[69] *Jub.* 7,21.

Hasta la exégesis se fuerza para probar la identidad de la mujer y los seres demoníacos. Así comentaba R. Haninah el pasaje del Génesis «Y tomó el Señor una de sus costillas»: «Desde el principio del libro [del Génesis] hasta aquí [2,21] no se ha escrito la letra sámek [s]; desde el momento en que fue creada la mujer, fue creado también Satán con ella...» [70]

Sobre la consideración de la que goza la mujer en el mundo hebreo son iluminadoras, finalmente, estas respuestas de Rabí Yehošua:

«¿Por qué la mujer necesita perfumarse y el hombre no necesita perfumarse?

— El hombre fue creado de la tierra, y la tierra nunca huele mal. La mujer fue creada del hueso. Si tuvieras la carne tres días sin salar, en seguida olería mal.

¿Por qué la voz de la mujer es más ruidosa que la del hombre?

— Si llenas una olla de carne, no hace ruido; pero si metes dentro un hueso, en seguida se escucha ruido.

¿Por qué el hombre es fácil de convencer y la mujer no es fácil de convencer?

— Adán fue creado de la tierra, y cuando tú pones una gota de agua en la tierra, ésta en seguida se empapa. Eva, del hueso: aunque tú lo riegues con agua durante muchos días, no se empapa» [71].

Marginación justificada y bendecida por la Palabra de Dios:

«Si entre mil encontré sólo un hombre, entre todas no encontré una mujer» (Ecl 7,28).

«Mejor la maldad de un hombre que la bondad de una mujer» (Eclo 42,14).

Viviendo en estas condiciones, María se acerca a una etapa obligada en la vida de toda muchacha hebrea: el matrimonio. Un nuevo estado que no la libera de la condición inhumana en la que vive, sino que, al contrario, la lleva a una situación de mayor sumisión: de ser sierva de su padre y de sus hermanos pasa a ser sierva de su marido y de sus hijos [72].

---

[70] *Ber.* r. 17,6.

[71] *Ber.* r. 17,8.

[72] «¿No salió favorecido el primer hombre si le quitaron una costilla y a cambio le dieron una sierva para que lo sirviera?» (*San.* B. 39a; Gn 2,21-22). Cfr. A. Chouraqui, *op. cit.*, p. 141.

MARIDO AMO

«Para la mujer sólo hay un cortejo: el nupcial y el fúnebre» (proverbio árabe).

Mayor de edad a los once años y un día, sin ninguna ceremonia que ennoblezca el acontecimiento [1], María se encuentra frente a una etapa obligatoria por su condición de mujer: el matrimonio. «Cuando a una muchacha le empieza a despuntar el vello, no puede rechazar el casarse», prescribe expresamente el Talmud [2]. En el mundo hebreo y oriental no se concibe a la mujer independiente. La mujer debe pertenecer a una familia y depender del padre o del marido; y si es viuda, del hijo mayor [3]. Una mujer sin marido y sin hijos es, para los hebreos, un ser lúgubre, incompleto, como una persona sin cabeza, «porque el hombre es la cabeza de la mujer» (Ef 5,23) [4].

El matrimonio no se considera una institución religiosa y ni siquiera social, sino sólo una especie de contrato privado en el que las partes contrayentes no son ni la esposa ni el esposo [5], sino las

[1] El muchacho, Bar Miṣvah (lit. «Hijo del mandamiento»), a los trece años realiza su primera lectura en público, en la sinagoga, de un párrafo de la Torah. Cfr. *Ber.* B. 3,24a; I. Epstein, *op. cit.*, p. 145.

[2] *Nid.* M. 6,11.

[3] «La muchacha permanece bajo el poder de su padre hasta que, por el matrimonio, no entra bajo el dominio de su marido» *(Ket.* M. 4,5).

[4] Cfr. G. Ricciotti, *Vita di Gesù Cristo,* Rizzoli, Roma 1941, p. 261.

[5] En relación con la total sumisión a la despótica voluntad paterna, cfr. el episodio de Gn 29,15-30, donde Labán obliga a su hija Lía a sustituir a su hermana Raquel la misma noche de bodas de ésta con Jacob. Posteriormente

familias respectivas; en efecto, las familias son las que eligen, pero no partiendo de los sentimientos de los interesados, a quienes raramente se les pregunta, sino por consideraciones de conveniencias económicas. La familia del esposo paga la dote (hebr. *Mohar)* a los padres de la esposa. La cuantía de la dote va desde un mínimo de cincuenta monedas de plata a un máximo de hasta siete años de trabajo, que Labán exige a Jacob para concederle a su hija Raquel (Gn 29,18.20.27.30; Éx 22,16; Dt 22,29). Con este sistema, la muchacha viene a ser, de alguna manera, «comprada» por el marido. Esta práctica tiene importantes repercusiones hasta en la terminología: el marido se llama *Ba'al* (= propietario) y la mujer *Be'ulah* (= poseída) (Gn 20,3).

El varón concibe el matrimonio únicamente como el medio de asegurarse una descendencia.

Reducida a un mero instrumento sexual, la mujer recibe en la Biblia la denominación de *raḥam* (útero) (cfr. Jue 5,30), y entre los rabinos la de *keli* (recipiente): la mujer es el «instrumento», el «recipiente» que el varón utiliza para hacer hijos; y la relación sexual queda reducida a «hacer uso del recipiente...» [6]. Por esto está permitida la poligamia (Gn 16,1), y es tan practicada por la gente acomodada [7], que los profetas no dudan en presentar como bígamo ¡al mismo *YHWH!* [8] Y son numerosos los personajes bíblicos con varias esposas [9]. Los teólogos y juristas legitiman la po-

(siglo II) se creará algo así como la «fiesta del noviazgo» el 15 de Ab (julio-agosto), ocasión en la que se reúnen los jóvenes para poder elegir esposa. Cfr. *Ta'an.* M. 4,8a.

[6] «Servirse de un recipiente» es uno de los muchos eufemismos usados en el Talmud para referirse al acto sexual. Cfr. *Meg.* B. 12b. En *San.* B. 22b se puede leer: «una mujer es una masa informe que pacta sólo con quien la convierte en vaso...» Cfr. C. Maurer, art. *skéuos,* en GLNT, XII, 431-434. (Mientras que para varón *[géber]* se usa el mismo término que para «gallo», de la raíz *gbr,* que significa «ser superior».)

[7] Cfr. A. Cohen, *Il Talmud,* Laterza, Bari, p. 207; W. Günter, art. *gaméô,* DCB, p. 979; M. Adinolfi, *op. cit.,* pp. 100-103; A. Chouraqui, *op. cit.,* p. 135.

[8] «... había dos hermanas... cuando todavía eran muchachas, comenzaron a prostituirse... la mayor se llamaba Oola, la menor Ooliba... A las dos las tomé como esposas, y me dieron hijos e hijas» (Ez 23; cfr. Jr 3,6-10).

[9] Lamec tiene dos mujeres: Ada y Sila (Gn 4,19). Abrahán, además de a Sara, toma a Agar y posteriormente a Ketura (Gn 11,29; 16,3.4; 25,1-6).

ligamia y la regulan con disposiciones diversas, desde «Un hombre puede casarse con cuantas mujeres quiera» [10] hasta «Un hombre no puede tener más de cuatro [esposas]» [11].

En Nazaret hay fiesta por el matrimonio de María y José. Cada matrimonio implica, además de a las dos familias y a los clanes a los que pertenecen los esposos, al pueblo entero [12].

Los esponsales [13] (hebr. *Qiddušim* = santificación) [14] se realizan en la casa de la mujer. El futuro marido formula la petición oficial a los padres de la esposa; después de esto, regateando a la baja, intenta llegar a un acuerdo sobre la suma de dinero que, a modo de fianza, deberá pagar a la familia de la mujer en caso de que se arrepienta. El acuerdo no siempre es fácil de alcanzar y, a veces, requiere un laborioso esfuerzo, que en ocasiones puede provocar discusiones vivaces y llenas de color en las que, como si fuera una mercancía puesta a la venta, se tasa y se valora a la mujer... trozo a trozo.

Una vez pactada y cobrada la cifra, el padre entregará a su hija un año después, en el momento en que comience a cohabitar con su esposo.

Y nuevamente se negocia, jugando esta vez al alza, la dote

Najor, hermano de Abrahán, tiene a Milcá y Rauma (Gn 22,20-24; cfr. Gn 11,29); Esaú toma como esposa, además de dos cananeas (las hititas Judit y Basmat), a Majla, hija de Ismael (Gn 26,34; 28,9; 36,1-5); Jacob se casa con las hermanas Lía y Raquel y con sus esclavas Bilha y Zilpa (Gn 29,15-30; 30,1-9); Elifaz, hijo de Esaú, además de su esposa tiene a Timma (Gn 36, 11-12), etc.; por no hablar de los reyes: desde las nueve mujeres de David: Ajinoán, Abigaíl, Maacá, Jaguit, Abital, Eglá, Betsabé, Abisag, Mical... (1 Cr 3,9; 1 Sm 18,27; 2 Sm 3,2-5; 1 Re 1,3), a las... ¡700 de Salomón! Cfr. A. Tosato, *Il matrimonio israelitico,* Pont. Ist. Biblico, Roma 1982, p. 125ss.

[10] *Yeb.* B. 65a.

[11] *Yeb.* B. 44a.

[12] Cfr. A. Tosato, *op. cit.,* p. 90.

[13] En castellano y en las demás lenguas modernas falta una correspondencia exacta para los términos que indican el matrimonio en el judaísmo. Es, por tanto, una equivocación indicar esta primera parte con el término de noviazgo. Para toda esta cuestión, cfr. A. Tosato, *op. cit.,* pp. 44-111.

[14] Para subrayar aún más la sacralidad del vínculo matrimonial, el esposo y la esposa ayunan la noche de las bodas antes del rito. Cfr. I. Epstein, *op. cit.,* p. 98.

(hebr. *Šillubim)* [15] que debe llevar la esposa. Una dote que, aunque teóricamente sea propiedad de María, será administrada por José; los frutos, si los hubiere, deberán contribuir al sostenimiento de la nueva familia.

Conseguido también el acuerdo sobre el valor de la dote, y en presencia de dos testigos, José cubre a María con su propio manto (cfr. Ez 16,8; Rut 3,9) y pronuncia solemnemente la fórmula: «Tú eres mi mujer»; y María responde: «Tú eres mi marido» [16].

Con este simple ritual se declara extinguida la potestad del padre sobre María y concluyen los esponsales; a María corresponde ahora la calificación de *ʾišah,* esto es, de esposa [17]; pero, como salvaguarda de los derechos de José, su esposo, el ordenamiento jurídico establece el delito de «adulterio» para el caso de infidelidad (Lv 20,10; Dt 22,20-23).

Después de un año, cuando la madurez sexual de María ya lo permita, un martes [18] se realizará la segunda parte del matrimonio: las bodas. Ella saldrá entonces de la casa paterna acompañada de la bendición del padre y del cortejo de amigas; será conducida a la casa de José, en donde la vida común de ambos empezará con un gran banquete de, por lo menos, una semana de duración. Vida en común que para María equivaldrá solamente a obedecer y a servir al marido, además de traer hijos al mundo.

---

[15] *Šillubim* se relaciona comúnmente con *šilleah,* «expulsar». La dote —siempre de valor superior a todo lo que haya ofrecido el esposo— equivaldría en tal caso a la «liquidación», que cancela todo derecho de la hija en relación con el patrimonio paterno. A. Tosato, *op. cit.,* p. 98.

[16] *Qid.* B. 5b.

[17] Cfr. A. Tosato, *op. cit.,* p. 88.

[18] A pesar de que la Mišnah indica el miércoles como el día adecuado para el matrimonio, «una virgen se casa el cuarto día de la semana [miércoles] y una viuda el quinto: porque los tribunales de la ciudad funcionan dos días: los días segundo y quinto; en caso de que el marido acusara a la mujer de no ser virgen, podría ya la mañana [del jueves] presentarse ante el tribunal para denunciarla» *(Ket.* M. 1,1), el pueblo (los *ʿam ha-ʾâreṣ* de Galilea) prefiere el martes para contraer matrimonio (y lo sigue prefiriendo todavía hoy). El martes, *Yom ha-šeliši* [el día tercero] (cfr. Jn 2,1, para las bodas de Caná de Galilea) es el día clásico para el matrimonio, en cuanto éste es el *kefel ki-tob,* el día en el que se dice dos veces «Y vio Dios que era bueno» en el relato de la creación (Gn 1,10.12). Cfr. S. Ben-Chorin, *Fratello Gesù. Un punto di vista ebraico sul Nazareno,* Morcelliana, Brescia 1983, p. 119.

Si lo que determina la posibilidad de un buen matrimonio es la cuantía de la dote, debemos deducir que María procede de una familia tan pobre que no puede permitirse el lujo de una dote decente [19]; o de una familia señalada por graves culpas de los antepasados: incesto o adulterio.

En efecto: ¿con quién se acaba de casar María?

No con un «buen partido».

El marido es un joven carpintero (Mt 13,55) de unos dieciocho a veinte años [20], de nombre José (hebr. *Yosef,* lit. «que [Dios] haga crecer»), pero, según parece, apodado «Pantera», como el turbulento padre Jacob; él sería conocido en Nazaret como «Yosef ben Pantera» [21]. Pasados los años, parece que el único recuerdo que quedó en Nazaret de José y María es el de una pareja marginada, excluida del Reino de Dios; considerados la vergüenza del pueblo, se verán obligados a huir «... a Egipto porque no contaban para nada en el pueblo» [22]. Como si esto no bastara, se cuenta que «Yosef ben Pantera era un cliente habitual de prostitutas» [23]; y la calumnia está dirigida no tanto a José cuanto a María, considerada elocuentemente «una de aquéllas...».

Aunque descendía nada menos que del rey David, José pertenece a una rama familiar que, a casi mil años de distancia de tan

---

[19] La pobreza es considerada un castigo de Dios. Cfr. *Salmos de Salomón* (escrito apócrifo aparecido en un ambiente fariseo en el siglo I a. C.) 4,6. Sobre María como «pobre», cfr. Jerónimo, *Ep. XIV ad Eliodoro,* 11: PL 22.

[20] «Los dieciocho años son la edad justa para el matrimonio» *(P. Ab.* 5,23). «Hasta los veinte años, el Santo, bendito sea, vigila para que el hombre se case, y lo maldice si, llegado a esa edad, no lo hace» *(Qid.* B. 29b).

[21] Epifanio, *Adv. Haer.,* III, 78,7: PG 42, 708d; Andrés, obispo de Creta, *In circumcisionem Domini. Oratio VI:* PG 97, 916; Eusebio, *Ecloghe profetiche,* III, 10; *A. Z.* Y. 40d; *Šab.* M. 14,4d; B. 104b; *Midr. Qohel.* 1,8. Cfr. G. Kittel, art. *Tamar,* en GLNT, IV, 144-145; *Sanh.* B. 67a. Para Juan Damasceno, Bar Panther sería el nombre del abuelo de María: «Pantera engendró a Bar Pantera —así es llamado—. Bar Pantera engendró a Joaquín. Joaquín engendró a la santa Theotokon» *(De fide ortodoxa,* lib. IV: PG 94, 1156-1157; Epifanio monje, *De vita b. virginis:* PG 120.190. Acerca de Jesous ben Pantera, cfr. *Tos. Hullin,* 2,22-24. Según Celso, Pantera es el nombre del soldado con el que María cometió adulterio. Cfr. Orígenes, *op. cit.,* I, 28, 32, 69.

[22] *Memorias de Nicodemo,* II, 3.

[23] *Toledot. Man. Strasburgo. Elena* 2.

ilustre antepasado, se encuentra ya en decadencia y desacreditada; además —según la legislación vigente—, a causa de la inmoralidad de algunos predecesores, todos los descendientes varones se consideran señalados, para siempre e indeleblemente, con el estigma de bastardo (hebr. *mamzer)* (Dt 23,2)[24]. La palabra «bastardo» constituye la peor de las injurias, y quien la pronuncia es condenado a cuarenta latigazos[25].

Es suficiente una ojeada a los antepasados de Jesús (la lista ha sido diligentemente reproducida por Mateo al comienzo de su evangelio) para ver que entre ellos se encuentra un escogido muestrario de haraganes. Se encuentra, en efecto, el hijo del embrollón de Jacob (Gn 30-31): Judá, que vende como esclavo a su hermano José a los ismaelitas (Gn 37,26) y se casa con una extranjera, ¡una pagana! (Gn 38,1)[26]. Como nuera tiene una cananea ex prostituta sagrada, de nombre Tamar, convertida al judaísmo. Muy pronto quedó viuda de dos hijos de Judá y éste la echa de casa para no correr el riesgo de perder el tercero (Gn 38,11). Tamar, para no perder el derecho a la herencia, desempolva la vieja profesión; de esta manera, tiene la ocasión de consolar al suegro, que, entre tanto, ha enviudado... y quedar embarazada de él. Al hijo se le impondrá el nombre de Fares.

Siguiendo en el Evangelio de Mateo la lista de los antepasados de José, encontramos a Salomón, que se casa con una pagana, pros-

---

[24] *Mamzerim:* «los hijos de tales uniones [incesto, adulterio], que toman el nombre de *mamzerim* (sing. *mamzer),* no pueden contraer matrimonio sino con otros *mamzerim*... Los nacidos... tienen también ellos la misma calificación de *mamzerim* y así para todas las generaciones... *los hijos tienen una mancha que jamás se borra».* Cfr. E. S. Artom, *La vita di Israele,* Roma 1982, p. 119. «El 354.º precepto es la prohibición hecha al *mamzer* de unirse con una hija de Israel» (Maimónides, *Il libro dei precetti,* Carucci, Roma 1980, p. 435). Cfr. *Qid.* M. 3,12.

[25] «El que llama esclavo a su prójimo, sea desterrado; el que lo llama *bastardo,* reciba cuarenta golpes» *(Qid.* B. 28a bar.). Cfr. J. Jeremias, *op. cit.,* p. 353.

[26] Para hacerse una idea de lo que significa «extranjera» y además «pagana» basta fijarse en la lista de mujeres extranjeras casadas con hebreos y expulsadas con todos sus hijos por el terrible Esdras (530 a. C. aprox.), el reformador fanático y violento que impuso un modelo de sociedad basado en la intolerancia religiosa. Cfr. Esd 10,18-44.

tituta de profesión: Rajab, que pasó a la historia por haber traicionado a Jericó, su ciudad natal (Jue 2). El fruto de este matrimonio, Booz, se casará, también él, con una mujer «manchada» (¡destino de familia!) de nombre Rut: pagana y de orígenes incestuosos (Gn 19,36), que se le mete en la cama (Rut 2-3)[27].

Pero la perla en esta colección de antepasados la constituye la pareja David-Betsabé (cfr. 2 Sm 11-12). Betsabé, de origen hitita, no está satisfecha con el nivel social alcanzado con su matrimonio (se ha casado con un oficial de nombre Urías); y se aprovecha de la decadencia física y moral de David, rey que ha llegado a un punto en el que prefiere hacer el amor en lugar de la guerra[28], para conseguir quedar embarazada de él (2 Sm 11,5). Puesto que resultaron inútiles los intentos para atribuir a Urías la paternidad del niño que iba a nacer, David lo hace asesinar cobardemente en el campo de batalla. En cuanto pasaron los días prescritos para el luto (es importante salvar la cara...), la viuda se casa con el rey. Muerto (¿o eliminado?) el hijo del pecado, será el segundo de los hijos el que continúe la dinastía: Salomón (hebr. *Šelomoh).*

Ambicioso y astuto como su madre y sanguinario como el padre, en su desenfrenada carrera hacia el poder elimina, instigado por su madre, Betsabé, a cuantos suponen un obstáculo para él (1 Re 1,11ss). Sube, pues, al trono, que correspondía a su hermano Adonías (1 Re 1,15), después de haberlo asesinado (1 Re 1-2)[29] y de haberse librado también de su pariente Joab (1 Re 2,34).

Déspota terrible, Salomón obligó al pueblo a realizar trabajos forzados con tal de satisfacer su insaciable ambición: si se emplearon siete años para construir el Templo del Señor, trece se necesitaron para construir su lujoso palacio real. Llamado «Bosque del

[27] Esta gravísima mancha de tener una antepasada «bastarda» se la echaron en cara a David sus adversarios: «Entonces Doëg, la edomita, dijo: ¿... por qué preguntarse si David es digno de ser rey? Preguntémonos más bien si le es posible a él [por su nacimiento] entrar en la comunidad [de Israel] o no, *puesto que desciende de Rut, la Moabita...»* (*Yeb.* B. 72b).

[28] Cfr. 2 Sm 11,1: en lugar de ir a la guerra, «como hacen los reyes», delega en su general Joab. Cfr. J. A. Soggin, *Storia d'Israele,* Paideia, Brescia 1984, p. 79. Véase el severo juicio en *Qid.* B. 3a.

[29] Cfr. J. A. Soggin, *op. cit.,* p. 123.

Líbano» por el abundante uso de cedros, dejó «sin aliento» a la reina de Saba, que también estaba acostumbrada al lujo (1 Re 5,27; 6; 7; 9,15; 10,1-29).

Salomón murió siendo lo peor que puede ser un hebreo: idólatra (1 Re 11,4-12). Le sucedió su hijo Roboán, nacido de la unión con la amonita Naamá (1 Re 14,21).

Prepotente como su padre, ambicioso como su abuela (pero mucho menos astuto que ella), Roboán fue la causa del cisma que puso fin a la monarquía (1 Re 12,3ss). Para completar el cuadro, se casó con una mujer idólatra (1 Re 15,13).

La lista de los antepasados de José prosigue: alternan en ella hombres rectos con personas que «actuaron mal a los ojos del Señor» (2 Re 21,2), como Manasés, idólatra dado a la magia, que sacrificó a los dioses a su propio hijo y «derramó ríos de sangre inocente, de forma que inundó Jerusalén de punta a punta» (2 Re 21,16).

Por todos estos motivos, José, con su baldón de bastardo, se encuentra excluido del futuro reino de Dios [30], que será inaugurado —se espera que pronto— por el Mesías.

En efecto, según la concepción mesiánica de la época, los «bastardos» serán excluidos del reino de Dios por el profeta Elías, profeta que volverá —según se cree— para preparar al pueblo del Mesías: «Y yo os enviaré al profeta Elías antes de que llegue el día del Señor, grande y terrible...» (Mal 3,23) [31]. Él purificará a Israel de toda mancha [32], separando a los judíos de los paganos y, entre los judíos, a los puros de los colaboracionistas (todos los que se han comprometido con los romanos); a continuación separará a los que tienen una genealogía pura, completamente judía, de los que cuentan con antepasados no judíos [33]. Es tan firme esta creencia, que en Jerusalén y alrededores florece el mercado de las genea-

---

[30] *Tos. Qid.* 5,4.
[31] Cfr. J. Jeremias, *op. cit.*, p. 313.
[32] Cfr. *Salmos de Salomón* 17,23.
[33] Cfr. J. Jeremias, *op. cit.*, p. 313.

logías..., auténticas o no, y todo el que puede se afana para tener los papeles en regla. Porque nunca se sabe... [34]

¿Es, quizá, para tapar esta mancha por lo que José se hace *ṣaddiq* (justo), esto es, miembro del grupo de los que observan la Ley en toda su amplitud? [35]

De José sabemos muy poco [36]. Los evangelios canónicos no dicen de él ni siquiera una palabra, por lo que, para intentar saber algo más acerca de él, es necesario acudir a otras fuentes [37].

Ya hemos visto cómo el marido es el dueño de la mujer, quien le está totalmente sometida. La mujer debe sólo obedecer, servir y callar. Jamás le consulta algo el marido: «Camina tras un león antes que tras una mujer» [38], sentencian los rabinos, porque «quien sigue el consejo de su mujer, cae en la gehenna» [39].

---

[34] «Dios no permitirá que su gloria repose más que en las familias israelitas de legítima ascendencia...» *(Qid.* B. 70b). Cfr. J. Jeremias, *op. cit.*, pp. 289 y 313.

[35] El término «justo» (hebr. *ṣaddiq)* se refiere a aquel que tiene una actitud conforme con la religión y cumple todas sus obligaciones. Cfr. Mt 1,19; véase Flp 3,6: «irreprensible en cuanto a la justicia que deriva de la ley» (cfr. v. 9). Es opinión común que a los *ṣaddiqim* [justos] jamás les amenaza un mal definitivo o la perdición. Cfr. G. Schrenk, art. *díkaios,* en GLNT, II, 1212-1222; K. Koch, art. *sdqw,* DTAT, II, 456ss; *Salmos de Salomón* 3,3-4.

[36] Las oleografías nos tienen ya habituados a un «San José» que, cuando no es representado viejo y con un cierto aire aniñado (así es más segura su castidad), aparece muy humilde, seráfico y, naturalmente, totalmente sometido a la Virgen y al Niño Jesús... Un tal San José existe sólo en la piadosa imaginación de devotos pintores y en la literatura edificante.

[37] Además de los evangelios reconocidos como «canónicos», esto es, inspirados y fuente de doctrina revelada, existen otros evangelios, llamados «apócrifos», de los que la Iglesia, aunque no reconoce su carácter inspirado, ha recogido bastantes datos para la propia espiritualidad y liturgia. Por los evangelios «apócrifos» conocemos, por ejemplo, los nombres de los padres de María, Joaquín y Ana; el episodio de la presentación de María al templo; el nacimiento de Jesús en una gruta y la presencia de un buey y un asno; los tres «reyes» magos, con sus respectivos nombres; el nombre del soldado [Longinos] que hirió a Jesús con la lanza, y el episodio de la Verónica. Para nuestra investigación, los evangelios apócrifos nos interesan en cuanto que ofrecen un filón cultural que permite conocer mejor aquella época. Cfr. *Apocrifi del Nuovo Testamento,* editados por Luigi Moraldi, UTET, 1975, I, pp. 1-33; A. Díez Macho, *Introducción general a los apócrifos del Antiguo Testamento,* tomo I, Cristiandad, Madrid 1984, caps. XIII-XIV.

[38] *Ber.* B. 16a.

[39] Cfr. A. Cohen, *op. cit.*, p. 206.

La mujer está obligada a obedecer al marido como a un amo; es una obediencia que tiene el valor de un precepto religioso y que, a veces, llega a circunstancias extremas: el marido puede obligar a su mujer a hacer votos [40].

La subordinación de la mujer llega a tal punto que, en caso de peligro de muerte, siempre hay que salvar primero al marido [41].

Una vez que se convierte en esposa, la mujer se somete completamente.

¿Quizá fue distinto en el caso de María?

Dos episodios, que encontramos en los evangelios apócrifos, hacen suponer que José se comportó según la mentalidad de la época:

> «Mientras caminaban José y María por el camino que conduce a Bet-lehem, María dijo a José: delante de mí veo dos pueblos, uno llora y el otro está contento. José le respondió: ¡Quédate sentada en el asno y no digas palabras inútiles!» [42]

Y en otra ocasión, durante el trayecto hacia el destierro en Egipto, María vio fruta, y dijo:

> «Quisiera, si es posible, coger frutos de esta palmera», a lo que José le responde: «Me maravillo que digas esto y que, viendo lo alta que es esta palmera, tú pienses en comer frutos de la palmera. Yo pienso más bien en la escasez de agua...» [43]

Ninguna mujer puede permitirse abrir la boca delante de su marido, y ni siquiera a María le está permitido el saltarse esta norma.

---

[40] Cfr. J. Jeremias, *op. cit.*, pp. 380-381.
[41] *Hor.* M. 3,7.
[42] *Ps. Mateo* 13,1.
[43] *Ibidem*, 20,1.

ANUNCIACION: LA GRAN HEREJIA

«Acabáis de oír la blasfemia...» (Mt 26,65).

«... si quieres servir al Señor, prepárate para la prueba...» (Eclo 2,1).

Gabriel, el mensajero de Dios [1], lo intenta de nuevo.

En Jerusalén ha fracasado.

Tenía que llevar un mensaje, una noticia estupenda de parte de YHWH, y contaba con todas las condiciones favorables para que fuera acogida de inmediato.

Tenía que llevarla a Jerusalén, al lugar más santo de la ciudad, el Templo, y a la parte más sagrada del mismo, el «Santo», a un sacerdote, escrupuloso cumplidor no sólo de los mandamientos, sino también de las mínimas prescripciones de la Ley; escogido por Dios mismo [2] para el momento más importante del día y de su pro-

---

[1] *Gabriel* (hebr. *Gabrî'el* = ¡Dios es fuerte!; cfr. Dn 8,16; 9,21). *Ángel,* del latín *angelus,* transcripción del griego *angelos,* término usado en los LXX para traducir el hebreo *Mal'ak* (= mensajero), es aquel que lleva un mensaje, función que, siendo el único medio de comunicación entre los hombres, se considera sagrada y, por tanto, puesta bajo especial protección de los dioses. Juan Bautista es descrito en los evangelios como el «ángel» (mensajero) de Dios (cfr. Mc 1,2-4; Mt 11,10), y en Lucas 7,24, los enviados de Juan son llamados *angelôn* (ángeles). Los mensajeros que Jesús envía delante de él a Samaría son igualmente *angelous* (ángeles) (Lc 9,52). Cfr. Hch 10,3.30.

[2] «Le tocó en suerte»: manera de expresar la elección hecha por Dios mismo. Cfr. Hch 1,24-25; *Yom.* M. 2,1-4; *Tos. Yom.* 1,10-13. Honor muy codiciado; se cuenta que un sacerdote llegó a asesinar a otro que entró en el mismo sorteo que él (*Tos. Yom.* 1,12; cfr. *Tam.* M. 3,6.9; 6,3).

pia vida: la «ofrenda del incienso» [3]. Indudablemente, se daban todas las premisas necesarias para que la misión tuviera éxito.

Y sin embargo...

¡Pues no!

Zacarías [4], el sacerdote irreprensible, no ha confiado en el mensajero, y Gabriel —ofendido por tanta incredulidad— se ha visto obligado a castigarlo por su cerrazón.

Ahora tiene que llevar otro mensaje, pero las condiciones son totalmente desfavorables: no tiene que ir a la religiosa Judea, sino a la descreída Galilea, tierra de ignorantes; no va a Jerusalén, ciudad santa, sino a Nazaret, de tan mala fama; no va al Templo, sino a una casucha situada a las afueras del pueblo; y no se dirige a un sacerdote de pura raza, sino a una mujer casada y, quizá, en situación de impureza ritual.

Por otro lado, el mensaje presenta enormes dificultades para que sea acogido. Si el sacerdote Zacarías no ha creído el anuncio de un hecho que ya había sucedido en otras ocasiones [5], ¿cómo podrá Gabriel proponer a una muchachita lo que no sólo no ha sucedido nunca —algo imposible, inimaginable—, sino que, además, para su religión es *la gran blasfemia* (Mt 26,63-65), la más execrable de las herejías: ¡convertirse en madre del hijo de YHWH! ?

¿Cómo le irá?

María acepta.

---

[3] El número de sacerdotes era tan elevado que resultaba imposible que todos pudieran oficiar al mismo tiempo; por eso se observaba un estricto turno. Cfr. E. Schürer, *op. cit.*, II, pp. 328ss. Era muy difícil que un mismo sacerdote pudiera gozar de esta oportunidad más de una vez en toda su vida, pues no se le incluía de nuevo en el sorteo hasta que todos los sacerdotes de su «sección» (¡trescientos!) hubieran sido elegidos (no se conoce con exactitud el número de sacerdotes en activo, 85.000 según el Talmud, pero presumiblemente unos 18.000). Cfr. J. Jeremias, *op. cit.*, p. 217; también, *Tos. Ta'an.* 4,2-3. «R. Hanina aseguraba que, desde sus tiempos, jamás un sacerdote había conseguido ofrecer incienso en dos ocasiones» *(Yom.* Y. 40a).

[4] En hebreo *Zekaryah* = YHWH se acordó. Cfr. con el «Benedictus» «... recordando (hebr. *lizkor)* su santa alianza...» (Lc 1,72), la misma raíz hebrea *zkr*.

[5] Ocasiones en que una mujer estéril o anciana llega a ser madre gracias a la intervención de Dios: Sara (Gn 18,11), Raquel (Gn 29,31-35; 30,22-23), la madre de Sansón (Jue 13,2-5), Ana, la madre de Samuel (1 Sm 1-2), etc.

Zacarías, hombre piadoso, hombre de oración, está tan ocupado en sus ritos y en sus devociones, que resulta sordo al anuncio de Dios.

María —que, al contrario de Zacarías, no es descrita como «irreprensible cumplidora de todas las leyes y preceptos del Señor» (Lc 1,6)— es, sin embargo, capaz de vibrar en sintonía con la Palabra que continuamente crea y renueva el universo; y, de esta manera, llega a ser colaboradora de Dios en la tarea de comunicar vida a la humanidad.

La herejía ha quedado consumada:

¡«Šemaʿ Yiśraʾel: ʾAdonai ʾelohenu ʾAdonai ʾeḥad»! (Dt 6,4).

Escucha, Israel: El Señor es nuestro Dios. Dios es uno. ¡Dios es uno! (Éx 20,1).

A YHWH no se le puede ver. Ningún hombre puede verlo y seguir con vida (Éx 33,19-20).

YHWH tampoco puede ser nombrado (Éx 20,7) [6].

El «Nombre» no puede, ¡ni siquiera, ser escrito! [7]

Es el Trascendente. El Altísimo. El incognoscible.

María sabe todo esto. Lo ha oído repetir muchas veces en la sinagoga. Y otras muchas veces ha oído calificar como demoníacas las creencias de las religiones de los países vecinos, según las cuales los dioses engendraban hijos e hijas con las mujeres [8].

---

[6] Desde el comienzo del período rabínico, el nombre de Dios sólo se pronunciaba en las celebraciones cultuales del templo. «En el santuario, el Nombre se pronunciaba tal y como está escrito, pero fuera de sus límites se usaba otro nombre en su lugar» (*Sot.* M. 7,6; cfr. A. Cohen, *op. cit.,* p. 51). Para esto se creó un sistema de nombres alternativos, como «cielo», «Señor», etc. Cfr. J. Schneider, art. *Theos,* DCB, p. 489. La consecuencia de este temor supersticioso que impedía pronunciar el nombre de YHWH será que su auténtica pronunciación se perderá durante el judaísmo. En su lugar se leerá *Adonai* (Señor); posteriormente, al combinar las consonantes de YHWH y las vocales de Adonai se crearía el híbrido Jehová. Cfr. L. Mckenzie, *Dizionario biblico,* Cittadella, Asís 1975, p. 250; *Peʾa.* Y. 16b; *San.* M. 10; también, Am 6,10.

[7] «Todo hebreo aprende que debe taparse los ojos con las manos cuando se encuentra ante el tetragrama divino, designación de *Yahweh*» (R. Aron, *op. cit.,* p. 53).

[8] Las historias de Apolo y Atia, Zeus e Io, y el parto virginal de Cástor y Pólux, de Hércules, de Rómulo y Remo, etc. Cfr. Justino, *I Apología,* 21,

Y, sin embargo, acepta.

¡Será la madre del hijo de YHWH!

La desconocida muchacha de Nazaret, a quien «ninguno, ni siquiera los vecinos, conocía» [9], será «proclamada dichosa por todas las generaciones» (Lc 1,48).

La mujer, que no puede atreverse a acercarse al Santuario, «contendrá» al mismo Dios que aquel Santuario pretendía encerrar entre sus muros. La mujer, que ni siquiera puede atreverse a tocar la Biblia, acogerá dentro de sí a la Palabra de Dios hecha carne.

La mujer, que no puede dirigirse a un sacerdote, y mucho menos tocarlo, será madre del Santo de los Santos.

Dios, que jamás ha dirigido la palabra a una mujer [10], la llamará *'imma'* (mamá).

La propuesta de Gabriel no ha sido más que la formulación y la confirmación de aquello que María siempre había intuido y nunca había sabido expresar. La esperada respuesta a aquellas profundas exigencias de plenitud de vida que había sentido en su interior, a aquella sed de eternidad que Dios había puesto en su corazón (Ecl 3,11) «aun antes de formarla en el seno materno» (Jr 1,5).

La virgen de Nazaret, en profunda sintonía con el Dios que «renueva todas las cosas» (Ap 21,5), responde a la llamada de la vida que quiere brotar y que, para nacer, exige que «nadie se detenga en las cosas pasadas ni piense ya más en las antiguas realidades... porque de lo contrario pasará inadvertida la novedad que, precisamente ahora, está por brotar...» (Is 43,18-19).

María abandona lo viejo, lo «cierto», la tradición de los padres, para abrirse a lo nuevo, a lo desconocido; se despoja de la camisa de fuerza de la ortodoxia para poder ser plenamente libre para acoger la sacrílega propuesta de Gabriel y así llegar a ser «Nuestra Señora de los herejes».

Hereje es, por tanto, María.

33,64; *Dialogus...*, PG 6: 67, 630. Véase G. Leonardi, *L'infanzia di Gesù*, EMP, Padua 1975, pp. 158-163.

[9] Orígenes, *op. cit.*, I, 39.

[10] *Ber.* r. 20,6.

Hereje y blasfemo será considerado su hijo y, por esto, lo condenarán y lo matarán (Mt 26,65; Jn 8,48; 10,33).

Herejes serán considerados también los continuadores de la obra que Jesús inició: «Os entregarán al Sanedrín, os apalearán en las sinagogas y seréis odiados de todos por razón de mi persona» (Mc 13,9-13) [11].

«Señora de los herejes», María será hermana de cuantos en cualquier tiempo perciban la presencia en la historia del «único Dios engendrado» y «lo acepten» (Jn 1,12-18). Hombres y mujeres que, anhelando la plenitud de vida y ansiando la libertad, han escapado de la prisión de la ortodoxia, de la moral, del orden constituido, de la tradición, para dedicarse —con límites y errores, ciertamente— a la búsqueda de lo verdadero, de lo auténtico, de lo vital: enfermos que «tienen necesidad del médico» (Mc 2,17), sedientos «que han cavado aljibes agrietados que no retienen el agua» (Jr 2,13). Ellos serán los primeros que capten la presencia salvífica de Jesús.

Caminando a la búsqueda de la verdad y de la vida, encontrarán en el hombre de Nazaret la plena respuesta a sus exigencias: «El que bebe de mi agua ¡ya no tendrá más sed! » (Jn 4,14). Herejes, transgresores, pecadores, «hambrientos y sedientos» de verdad (Mt 5,6) que los evangelistas nos presentan en antítesis a los «saciados» de sí mismos (Lc 6,25): los ortodoxos, los piadosos observantes, los justos, todos completamente cerrados y hostiles a la propuesta de vida que Dios, por medio de Jesús, les ofrece: «éstos no lo han recibido» (Jn 1,11).

Serán los impuros paganos (los magos) y los excluidos de Israel (los pastores) los primeros que perciban y acojan el don de Dios a la humanidad; no los sacerdotes, ni los teólogos del Templo (Mt 2; Lc 2,1-10). Un pagano y un marginado serán los primeros que

[11] El Talmud es extremadamente severo con los *minim* (lit. «sectarios»; cfr. *Ber.* r. 8,8-9), los primeros cristianos de origen hebreo: asemejados a los samaritanos, son considerados peores enemigos que los paganos (*Sifr.* Dt 41, § 331), *a quienes no se debe salvar en caso de peligro* (*Tos. B.M.* 2,33); sus libros se deben quemar o, en su caso, no deben salvarse del fuego (*Šab.* B. 116a; *Tos. Šab.* 14,5), y sus hijos se consideran bastardos (*Tos. Hul.* 2,20). Cfr. 1 Cor 4,13: «... nos hemos convertido en la basura del mundo, el deshecho de todos, y eso hasta el día de hoy».

crean en Jesús: el centurión romano (Mt 8,5-13) y un infecto leproso (Mt 8,1-4); las autoridades civiles y religiosas se mantendrán bastante lejos del Hijo de Dios: «¿Acaso ha creído en él alguno de los jefes o de los fariseos?» (Jn 8,48), y se le acercarán sólo para asesinarlo: «Fariseos y herodianos se pusieron de acuerdo para dar muerte a Jesús» (Mc 3,6).

Prostitutas y descreídos entrarán a formar parte de su comunidad (Mc 2,15-17; Mt 11,19); el escrupuloso observante de los mandamientos, no (Mt 19,16-21; 21,31).

Jesús cura a todos, pero sólo el samaritano, un excomulgado, reconocerá en la salud del cuerpo el signo y la promesa de una vida indestructible (Lc 17,11-15). Y cuando los hechos, y no las palabras, son lo importante, será precisamente un samaritano —eso dirá Jesús— el que actuará como él se habría comportado, a diferencia de lo que hicieron el sacerdote y el levita, que estaban tanto más cerrados a las necesidades del hombre cuanto más cumplidores de la Ley eran (Lc 10,30-37; Lv 21,11).

Todavía más: será la samaritana, hereje y adúltera, quien comprenda a Jesús en aquello que parece incomprensible para el piadoso fariseo Nicodemo: «¿Cómo puede..., cómo puede...?» (Jn 3, 4.9; 4,19.26.42).

Ladrones como Leví y Zaqueo abrirán su casa y su vida al Hijo de Dios (Mc 2,13-15; Lc 19,1-10); la gente religiosa, por el contrario, «se mofará de él...» (Lc 16,14), mientras que los paganos lo acogerán con los brazos abiertos (Mt 15,21-28).

Éste será el tipo de personas que María encontrará a su lado por haber aceptado la propuesta de Dios: herejes y adúlteras, sinvergüenzas y prostitutas, leprosos y endemoniados.

«Esta gente maldita que no conoce la Ley» (Jn 7,47-49) será propuesta por Jesús a los devotos ortodoxos como ejemplo a imitar: invitará a Simón, el fariseo, a que aprenda de una prostituta a ser hospitalario (Lc 7,36-50); al engreído y escrupuloso orante le sugerirá que adopte el «acto de contrición» de un sinvergüenza (Lc 18,9-14); y frente a la multitud incrédula, elogiará ¡la fe de un pagano! (Mt 8,10).

A Marta, que protesta por la increíble falta de su hermana (en lugar de quedarse en la cocina, como mandan la tradición y la decencia, atiende a los huéspedes, usurpando el papel que corresponde al varón) [12], le responde Jesús que la opción por la libertad es definitiva y mucho más importante que la observancia de la tradición (Lc 10,38-42).

Y no serán, por cierto, sus discípulos los que comprendan la realidad profunda de Jesús «¿quién es éste?» (Mc 4,41), sino un pagano: «Verdaderamente este hombre es el Hijo de Dios» (Mc 15,39). Y cuando esté agonizando en la cruz será escarnecido, los sumos sacerdotes y los teólogos se burlarán de él, mientras que su propuesta de salvación (Mc 15,31) será acogida plenamente por el criminal crucificado a su lado (Lc 23,40-43).

La historia continúa y se repite: por cada «Sumo Sacerdote» que «ordene expresamente que no se enseñe» el mensaje subversivo de la libertad, habrá siempre un «Angel del Señor» que «abrirá las puertas de la prisión» e invitará a «ir a predicar todas las palabras de vida» (Hch 5,17-20.28); cada «Esteban» que sea asesinado por haberse atrevido a «hablar contra el Templo y la Ley», encontrará siempre su correspondiente «Saulo» «respirando amenazas mortales» y cómplice de su muerte (Hch 6,14; 7; 8,1-3; 9,1), que obtendrá la autorización del Templo para «llevarse presos a Jerusalén a todos los que encontrara que seguían a Cristo, lo mismo hombres que mujeres» (Hch 9,1-2).

Es el comienzo de las desgracias para María.

«*Si me han perseguido a mí...*» (Jn 15,20).

«*Todos los que se propongan vivir plenamente en Cristo Jesús, serán perseguidos*» (2 Tim 3,12).

[12] Es el hombre, dueño de la casa, quien acoge y atiende a los huéspedes, como está expresamente mandado: «Sea tu casa lugar de reunión para los sabios; empólvate con el polvo de sus pies; y bebe con sed sus palabras» (*P. Ab.* 1,4).

«UN BASTARDO DE UNA ADULTERA»

«... aquella mujer se convertirá en objeto de maldición en medio de su pueblo» (Nm 5,27).

En Judea, en el intervalo de tiempo que transcurre entre los esponsales y la celebración de la boda propiamente dicha (con el traslado de la esposa a la casa del marido) se permite alguna relación entre los novios-esposos, con bastante tolerancia en el uso de anticonceptivos [1].

En Galilea, sin embargo, esto no se admite: es absolutamente necesario que la mujer entre inmaculada en la casa del marido, quien muestra con satisfacción a los invitados a las bodas la sábana con los restos de sangre, testimonio visible de la virginidad de la mujer; los padres de la esposa conservarán esta sábana como prueba irrefutable ante posibles calumnias posteriores del marido (Dt 22,13-17) [2].

---

[1] El Talmud permite que usen el *mok* (material absorbente) a tres categorías de mujeres: las que están encinta, las que están amamantando y las que son menores de edad, «... por temor a que el embarazo pueda resultar fatal» *(Yeb.* B. 12b; Y. 4,10; *Ket.* Y. 1,5).

[2] «Antiguamente los esposos entraban bajo el baldaquino o en la cámara nupcial/*kuppah* (Sal 19,6; Joel 2,16), mientras que los testigos, llamados *šušbinim* (o *šošbenim)* por los rabinos, esperaban fuera; al separarse los esposos, los testigos entraban y tomaban la ropa sobre la que la mujer se había acostado y observaban la sangre. Parece que este trofeo era conservado por la familia de la esposa» (D. Lattes, *op. cit.,* pp. 640-641). Cfr. Dt 22,13-21; R. Infante, *L'amico dello sposo. Giovanni Battista,* Ed. Dehoniane, Nápoles 1984, pp. 92-107ss; también, A. Chouraqui, *op. cit.,* p. 137; R. Brown, *La nascita del Messia,* Cittadella Ed., Asís 1981, p. 153.

María está embarazada.

José no cree lo que ven sus ojos.

Su mujer es una adúltera.

¿Con quién puede haberlo traicionado?

Ella no sabe, no puede o no quiere explicarse. Su relato no se tiene en pie... Dice que ha venido un cierto Gabriel, que ha entrado en casa sin pedir permiso siquiera y se ha presentado como mensajero de YHWH. Se ha dirigido a ella con suma cortesía, con un respeto al que José no la tiene, por cierto, acostumbrada, y al saludarla, mostrando que la conoce bien, la ha llamado por su nombre. María no ha comprendido bien el saludo [3], pero él se ha reafirmado en lo que le había dicho: que debía considerarse una mujer afortunada, y que pronto tendría un hijo. Le ha dicho, igualmente, cómo deberá llamarlo: *Yešua* (Jesús). Este hijo suyo llegaría después a ser nada menos que... el *Melek ha-yehudim,* ¡el Rey de los judíos! El mensajero le ha dicho también que todo sería realizado por el *Ruah ha-qadoš* (Espíritu Santo) [4], y que no había ningún tipo de dificultades, porque «nada es imposible para YHWH». Después, ¡ah, sí!, le había dicho que Isabel... sí, una prima suya que vive en Judea, estaba también embarazada; y es poco decir que ya estaba pasadilla... Después, después... basta; se había marchado una vez que María le había asegurado que estaba de acuerdo... (cfr. Lc 1,26-38).

Y esto es todo.

El pobre José mueve la cabeza.

¡Precisamente a él!

---

[3] El mensajero saludó a María al estilo griego: *Khaire,* lit. «¡alégrate!», saludo habitual en el mundo griego (el saludo hebreo es *šalom,* lit. «paz»); después ha añadido *kekharitômenê,* que se traduce con fórmulas como «agraciada María» o «querida María». Cfr. C. Buzzetti, *La Bibbia e le sue trasformazioni,* Queriniana, Brescia 1984, p. 62.

[4] Hay que tener presente que *Ruah* (espíritu) es *femenino* en hebreo (y neutro en griego), por lo que resulta absolutamente fuera de lugar hablar de María como «esposa del Espíritu Santo...». Cfr., por ejemplo, G. Casali, *Somma di teologia dommatica,* R. Christi, Lucca 1964, p. 476. «Esta fórmula poética, excusable en la poesía de los autores místicos, traiciona los evangelios de la infancia, cuidadosos de evitar toda apariencia de teogamia. «... María no es esposa de Dios ni del Espíritu Santo...» (R. Laurentin, *op. cit.,* pp. 354 y 457).

«¿Quién iba a pensar que me podía ocurrir una cosa así?» [5]

¡Ay! ¡Cómo tenía razón el sabio rey Salomón!: *«Moṣe'... moṣe'...* [6], he hallado que la mujer es más amarga que la muerte» (Ecl 7,26). ¡Precisamente a él le tenía que tocar una mujer tan crédula y tan ingenua!

¿Con quién puede haberlo traicionado María? [7]

Descartados uno a uno todos los sinvergüenzas del pueblo y sus contornos, José concluye que alguno, fingiendo ser un ángel, la ha engañado y seducido:

«¿Y si alguno, de manera creíble, se hubiese fingido un ángel para engañarla» [8],

presentándose quizá como el ángel encargado del deseo sexual? [9]

---

[5] *Dell'infanzia...*, op. cit., p. 39.

[6] En Palestina, cuando uno se casa, se dice: ¿es *maṣa* o *moṣe? (Yeb.* B. 63b). La pregunta es un juego de palabras basado en dos textos del Antiguo Testamento; Prov 18,22: «Quien ha encontrado *(maṣa)* una mujer, ha encontrado el bien», y Ecl 7,26 [Escrito atribuido al rey Salomón]: «Yo encuentro *(moṣe)* que la mujer es más amarga que la muerte».

[7] Juan Crisóstomo habla de la «gran turbación» y de las «dolorosas sospechas» de José, que «experimenta todos los sentimientos que cualquier otro hombre debe experimentar en esas circunstancias» *(In Matthaeum,* IV, 5-6: PG 57, 43-47). Agustín opina también que José piensa que María es una adúltera: «... iam velut consequenter adulteram existimabat...», con la que no quiere convivir. Cfr. *Sermo* 51,9: PL 38, 388b-c. Justino llega a colocar a José en la duda de que María hubiera sido víctima de un *estupro:* «id est ex stupro gravidam esse...» *(Dialogus cum Tryphone Judaeo,* 78,8: PG 6, 658.

[8] La creencia de que hay ángeles que se unen con mujeres está bastante difundida en este tiempo (cfr. Gn 6,2-4; Henoc 106,6; Jub 5,1-12): «y [Henoc] dio testimonio en contra de los [ángeles] custodios que habían pecado con las hijas de hombre, puesto que habían empezado a unirse a las hijas de la tierra y a ser impuros...» (Jub 4,22); «Y los ángeles, hijos del cielo, las vieron [a las mujeres], se enamoraron, y dijeron entre ellos: 'venid, escojamos para nosotros mujeres de entre los hombres, y engendremos hijos con ellas'...» (Henoc, LV, 6,1-5). Justino habla de «espíritus malvados que, asumiendo apariencias visibles, violan a las mujeres...» *(1.ª Apol.* 5). Según Jerónimo, el ángel «se presentó con apariencia de hombre...» *(Ep. XXII, ad Eustochio,* 38: PL 22).

[9] *Ber.* r. 85,8.

«¿Será igual que lo que le sucedió a Adán? Mientras él estaba contemplando tu esplendor y dándote gracias, la serpiente se dirigió a Eva, la encontró sola, la sedujo, y ella transgredió el mandamiento y cayó en la corrupción de la muerte. ¿Me ha sucedido igual a mí? ¿Qué debo hacer?» [10]

« ¡Yo soy pura! ¡No he estado con ningún hombre! », protesta María.

Pero ante el acoso de José, que le pregunta: «Y entonces, ¿de dónde viene lo que tienes en el vientre?», sólo sabe balbucear: «Tan cierto como que el Señor, mi Dios, vive: esto que hay en mí no sé de dónde es...» [11].

No sabe de dónde...

¡Pero José sí que lo sabe!

No es la primera que cae.

En estos matrimonios sin amor, arreglados por las familias, el adulterio es, lamentablemente, frecuente, y el varón —que hace las leyes— se cura en salud estableciendo la pena de muerte como castigo para este delito (cfr. Dt 22,20ss; Lv 20,10); eso sí: dejando bien claro que por adulterio se entiende cualquier relación extraconyugal de la mujer; mientras que para el marido merecen castigo sólo las relaciones con una mujer casada o prometida, ¡y ningún caso más! [12]

Y, además, puesto que la prohibición habla de la «mujer de tu prójimo» (Lv 20,10), los rabinos explican que no se puede considerar adulterio la relación con las mujeres ¡que no están casadas con israelitas! [13]

Naturalmente que, para condenar, se necesitan pruebas; ¿y qué testigo más digno de fe que el mismo Dios? De esta manera, la sentencia se confía al «juicio de Dios». La Biblia contempla también esta posibilidad.

El libro de los Números, en el capítulo 5 (versículo 16 en ade-

---

[10] *Dell'infanzia...*, cod. Arundel 404, 40.41; *Protoev. Sant.* 14,1; *Ps. Mateo* 10,2.

[11] *Protoev. Sant.* 13,1.

[12] Cfr. Gn 16,1; 30,1; 38,15; Lv 19,20-21; Dt 22,28. Cfr. R. Reisser, art. *moikheuô*, DCB, p. 983.

[13] *Sifr. Lv XX,* 10,92a. Cfr. F. Hauck, art. *moikheuô,* GLNT, VII, 450.

lante), refiere las palabras que el mismo YHWH ha dictado a Moisés, explicando cómo se puede saber con seguridad si una mujer es verdaderamente adúltera o no:

«El sacerdote conducirá a la mujer a la presencia de YHWH; tomará agua bendita en un cacharro de loza, echará en el agua ceniza del suelo del Santuario; colocará a la mujer en presencia de YHWH, le soltará el pelo, le pondrá en las manos las ofrendas de denuncia del pecado, llevadas por el marido como recordatorio de los celos, mientras el sacerdote tiene en la mano el agua amarga de la maldición, y le tomará juramento en estos términos: 'Si no se ha acostado contigo un extraño, si no te has manchado estando bajo la potestad de tu marido, que esta agua amarga de la maldición no te haga daño. Pero si has engañado a tu marido, estando bajo su potestad, si te has manchado acostándote con otro que no sea tu marido (el sacerdote tomará juramento a la mujer diciéndole:), entonces que el Señor te entregue a la maldición entre los tuyos, haciendo que quedes estéril y que se te hinche el vientre; que entre esta agua de maldición en tus entrañas para hincharte el vientre y dejarte estéril'. La mujer responderá: 'Amén: que suceda como has dicho'.

El sacerdote escribirá esta maldición en un documento y lo lavará en el agua amarga para borrar sus palabras. Después dará a beber a la mujer el agua amarga de la maldición. [...] Cuando beba, sucederá lo que sigue: si ésta se ha manchado y ha sido infiel a su marido, al entrar en ella el agua amarga de la maldición, se le hinchará el vientre y se quedará estéril; [...] Si la mujer no se ha manchado, sino que está limpia, no sufrirá daño y podrá concebir» [14].

Y la adúltera debe ser lapidada.

Sin piedad.

¿No ha dicho el sabio rey Salomón que «los celos desencadenan el furor del marido, que no perdonará en el día del juicio»? (Prov 6,34). Por tanto, «conducirán [a la mujer] a la entrada de la casa de su padre y la gente del pueblo la matará a pedradas» (Dt 22,21), como manda el Eclesiástico: «Si no quiere someterse a ti, córtala de tu propia carne» (Eclo 25,26). ¡Palabra de Dios!

Pero José no es capaz de esto.

Cierto que su fidelidad a la Ley no le permite otras opciones:

---

[14] Yojanán ben Zakkay suprimirá la ceremonia de la *sotah* [adúltera] en el siglo I d. C. Cfr. D. Lattes, *op. cit.*, p. 441.

José es un *ṣaddiq*[15]. El libro del Deuteronomio habla claro: debe denunciar a María como adúltera, participar en el proceso y ser el primero en arrojar una piedra en el momento de la lapidación: «Así extirparás el mal de ti» (Dt 22,20.21).

Sin embargo, no es fácil tomar una decisión. Por un lado, para mantener su fidelidad a la Ley está obligado a denunciarla sin más dilación; pero, por otro lado, un amor más fuerte que la Ley, que la misma Ley de Dios, lo empuja a buscar otra solución. «Si escondo su error, estaré luchando con la Ley del Señor»[16], se atormenta el pobre José. No se siente capaz de denunciar a la joven María y su adhesión a la Ley se resquebraja al entrar en conflicto con el amor.

No la denuncia.

No obedece a la Ley[17].

Entre la fidelidad a la Ley y la fidelidad al amor, ha vencido el amor.

Pero su orgullo de varón herido le dice que tampoco puede dejar que siga a su lado, ya que no le ha sido fiel.

Decide, pues, repudiarla; pero a escondidas.

En una época en la que un hombre puede repudiar a su propia mujer sólo por descubrir que ha hablado con otro hombre[18], o «... también si se le pega la comida», como enseña el grande y extraordinariamente influyente teólogo Hillel[19], y hasta «si se encuentra a una mujer más hermosa que ella», como mantienen, con mayor liberalidad, otros rabinos[20], es precisamente el repudio el camino más justo a seguir[21]. Y ése es el camino que José elige para

---

[15] Véase la nota 26 del cap. III.

[16] *Protoev. Sant.* 14,1: «¿Cómo podría José ser calificado como justo, si esconde los crímenes de su esposa?» Cfr. Jerónimo, *In Math.* 4,4.

[17] [José] «adoptó un comportamiento muy superior a la antigua ley» (Jerónimo, *In Mat.* 4,4: PL 27).

[18] *Ket.* M. 7,6.

[19] *Git.* M. 9,10; *Sot.* Y. 47b; *Sifr. Dt* 24,1, § 269, 122a.

[20] R. Aqiba, *Git.* M. 9,10; *Sot.* Y. 47b.

[21] La disolución del matrimonio no presenta en Israel grandes dificultades: «¿Que una mujer es una llaga para su marido? ¡Que la repudie y así se curará!» (*Yeb.* B. 63b). La legislación sobre el repudio (hebr. *séfer keritut* [gr. *biblíon apostasíou*]), que no debe confundirse con el divorcio, se basa

su joven esposa infiel: «... y José, su marido, que era justo, pero no quería difamarla, decidió repudiarla en secreto» (Mt 1,19)[22].

Pero las cosas no se pueden hacer en secreto en un pueblo tan pequeño y chismoso como Nazaret; el suceso se ha conocido tanto, que la acusación de adúltera para María y la de hijo ilegítimo para Jesús, «un bastardo de una adúltera»[23], están abundantemente documentadas desde el siglo I hasta nuestros días[24].

Citemos, a modo de ejemplo, el relato del filósofo Celso (177-180):

«El mismo Jesús se inventó que había nacido de una virgen, mientras provenía de un pueblo hebreo y de una mujer del lugar, una mise-

---

exclusivamente en los derechos del varón. «La mujer puede ser repudiada, lo quiera o no» *(Yeb.* M. 14,1), pero ella no puede repudiar al marido. El Talmud dedica un tratado compleo *(Gittin)* a examinar casos de repudio. El texto sobre el que se basa la legislación rabínica es el de Dt 24,1: «Si uno se casa con una mujer y luego no le gusta, porque descubre en ella algo vergonzoso, le escribe el acta de divorcio, se la entrega y la echa de casa». El problema es saber a qué se refería Moisés con «algo vergonzoso» (hebr. *ʾerwat dabar,* lit.: «desnudez de una cosa»). Las dos principales interpretaciones se deben a dos rabinos antagonistas: Šammai y Hillel. El primero era partidario de una interpretación rígida, moralizante, de la Ley; el otro tenía la manga más ancha. Los seguidores de Šammai enseñaban que «no se puede repudiar a la propia mujer a no ser que se encuentre en ella algo vergonzoso» *(Sifr. Dt* 24,1, 269, 122a), y por vergonzoso entienden un comportamiento indecente, concretamente el adulterio. Los seguidores de Hillel, más condescendientes, mantienen que para que el hombre pueda despedir a su mujer basta «con que se le queme la comida...» *(Git.* M. 9,10).

22 Para la traducción del v. 19 del cap. 1 de Mt, cfr. R. Brown, *La nascita...,* op. cit., pp. 155-160.

23 Este pasaje talmúdico es el más antiguo (70 a. C.) de los que afirman que Jesús es fruto de un adulterio: *Yeb.* M. 4,13; B. 49a.

24 «En la relación, al menos distante, de Jesús con su madre, a la que llama siempre 'mujer', podría reflejarse, en cierta medida, la dolorosa conciencia de un origen ilegítimo. Jesús no honra a su madre y niega a su padre corporal, puesto que, evidentemente, tenía conocimiento de su procedencia ilegítima y extranjera (no hebrea)» (S. Ben-Chorin, *op. cit.,* p. 54). «Esta tensión entre Jesús y su familia alcanza un grado insoportable en un apócrifo descubierto recientemente. Se lee en él que, estando Jesús en la cruz, María, su madre, acompañada de sus hijos Santiago, Simón y Judas, se dirigió a su presencia y se colocó ante él. Pero Jesús, colgado en la cruz, le dijo: Coge a tus hijos y vete» (D. Flusser, *Jesus,* op. cit., p. 22). «No es necesario descartar la lejanísima posibilidad de que Jesús sea hijo ilegítimo de María...» (X. Pikaza, *Los orígenes de Jesús. Ensayo de cristología bíblica,* Sígueme, Salamanca 1976, p. 32).

rable que se ganaba la vida hilando... y que, acusada de adulterio, fue expulsada de la casa de su marido, carpintero; anduvo errando ignominiosamente y dio a luz a Jesús a la sombra de una cabaña» [25].

En el proceso a Jesús, según las *Memorias de Nicodemo* [26], los ancianos hebreos le insultan de esta manera:

«En primer lugar, naciste de la fornicación, y tu padre José y tu madre María tuvieron que huir a Egipto porque no gozaban de confianza en el pueblo» [27].

El mismo Protoevangelio de Santiago refiere la acusación de adulterio a María y la consiguiente prueba de las «aguas amargas» [28]; así la describe el pintoresco texto titulado *Sobre la infancia del Salvador:*

«Entonces condujeron [a María] al templo del Señor y la presentaron ante el sacerdote, ante todos los notables y ante todo el pueblo de la sinagoga para que fuera juzgada... Cogieron a José y lo llevaron también ante el pontífice... José se maldecía a sí mismo jurando que nunca la había tocado. Mirando a María, le dijo el sacerdote: ¿Por qué has hecho eso? ¿Qué has visto para envilecer así tu alma? Todos los hebreos se inclinaban a condenar a María. Entonces María, mientras estaba en el juicio, miró al cielo, lanzó entre lágrimas un gemido y dijo: Viva el Señor mi Dios, pues soy pura ante él y no he conocido varón. Tú lo sabes todo, Señor, Dios mío. [...] Dijo el pontífice Abiatar: ¡Viva el Señor! Ahora te haré beber el agua de la prueba del Señor para que cuando bebas se manifieste tu pecado. [...] Se reunió entonces una innumerable multitud de israelitas y María fue conducida al templo del Señor. Los sacerdotes, sus padres y parientes decían, llorando, a María: Confiesa tu pecado... [...] Confiesa quién es el que te ha engañado. Mejor es que esto se sepa gracias a tu confesión que no que la ira de Dios te traicione, en medio del pueblo, haciendo que aparezca una señal en tu rostro...» [29]

[25] Orígenes, *op. cit.*, I, 28 y 32.

[26] Apócrifo contemporáneo de los evangelios canónicos, conocido ya en el año 155 por Justino, que habla de él en su *I Apología* (35,5-9). Llamado también *Hechos de Pilato,* es el documento más antiguo del mundo hebreo que habla de María.

[27] *Memor. Nicod.* 2,3.

[28] *Protoev. Sant.* 16,1-3.

[29] *Sobre la infancia,* cod. Arundel, 404, 47-54.

Será necesario que intervenga personalmente el mismo Dios para convencer al pobre José de la inocencia de María, invitándolo a no expulsarla y, como corresponde a un padre verdadero, a imponer el nombre a aquel hijo no suyo, que nacerá de su mujer:

«José estaba reflexionando sobre todas estas cosas cuando una noche, en sueños, le dijo el Señor: José, hijo de David, no tengas reparo en llevarte contigo a María, tu mujer, porque la criatura que lleva en su seno viene del Espíritu Santo. Dará a luz un hijo, y le pondrás por nombre Jesús [30], porque él salvará a su pueblo de los pecados. Cuando se despertó José, hizo lo que le había mandado el Señor y se llevó a su mujer a su casa. Y nunca tuvo relaciones matrimoniales con ella [31]. Después, María dio a luz un niño y José le puso de nombre Jesús» (Mt 1, 20-25) [32].

---

[30] El nombre de Jesús (o Josué) es Yešuah, y «salvará» se dice en hebreo *yošiah,* juego de palabras imposible en nuestra lengua. Jesús será llamado Yešu, según la pronunciación galilea de este nombre. Cfr. D. Flusser, *op. cit.*

[31] Lit. «No la conoció hasta que (gr. *heôs)* ella dio a luz un hijo» (Mt 1,25). Brown traduce: «... pero no mantuvo relaciones sexuales con ella hasta que ella dio a luz un hijo...», afirmando que «a Mateo le interesa simplemente el poner de relieve la virginidad de María antes del nacimiento del niño, de modo que quede cumplida la profecía de Isaías: María, siendo todavía virgen, dio a luz a su hijo. En lo que se refiere a la convivencia matrimonial después del nacimiento del niño, este versículo, por sí mismo, no dice absolutamente nada» (R. Brown, *op. cit.,* pp. 151-165). Para el «después», cfr. 2 Sm 6,23: «Mikal, hija de Saúl, no tuvo hijos *hasta* (gr. *heôs)* el día de su muerte».

[32] (Yahweh es salvación), el mismo nombre que Moisés había impuesto a Hosea, hijo de Nun (Nm 13,16), transformando Hosea, «salvación», en Yehošyah, «Yahweh es salvación». [En cuanto a la prerrogativa paterna de imponer el nombre al recién nacido, véase el patético episodio de Raquel (Gn 35, 17-18): dio a luz un varón después de un dificilísimo parto, y antes de exhalar el último aliento le dio el nombre de Ben-ʾOní (lit. «hijo de mi dolor»); pero Jacob, el marido, no respetó esta su última voluntad y le cambió el nombre por el de Benjamín (lit. «hijo de la derecha»).]

SEGUNDA PARTE

LA FIDELIDAD A LA LLAMADA

«... yo he rogado por ti para que no llegue a faltarte la fe...»

(Lc 22,32)

NACIMIENTO: VISITAS POCO GRATAS EN BELEN

«No hay en el mundo ninguna forma de vida más despreciada que la de los pastores» (Midraš Sal 23).

María no ha comprendido estas visitas (Lc 2,19).

Pasado el primer susto, está reflexionando sobre ellas.

Grande fue el miedo que sintió al ver asomarse aquellos feos rostros al lugar en el que acababa de dar a luz [1].

¿Qué será lo que buscan?

¿Qué querrán? ¿Habrán venido a matar al niño para librarse de su futuro juez? [2]

Si hay gente mal vista en Israel, resulta que son precisamente los pastores. Hay que temerlos y, en cualquier caso, mantenerse lejos de ellos.

El oficio de pastor estaba considerado propio de ladrones, y, con frecuencia, lo era de hecho [3]; la falta de todo tipo de control durante muchos meses hacía que los pastores pudieran llevar fácilmente los rebaños a propiedades ajenas y sustraer parte del producto de los animales.

---

[1] Lucas no indica con precisión cuál fue el lugar en que nació Jesús. En cualquier caso, queda excluido el *kataluma* (Lc 2,7) («albergue/posada»), lugar en el que se pueden reunir dos o más personas. Allí no hay sitio para Jesús. Cfr. E. R. Brown, *op. cit.*, p. 542. Lucas habla de *phatnê* = «pesebre/comedero». El tema de la «cueva», ausente de los evangelios, aparece en el Protoevangelio de Santiago (18,1). Para la cuestión del asno y el buey véase *Dell'infanzia*, 86.

[2] *Sal. Salom.* 17,36.

[3] *Qid.* M. 4,14.

Considerados por la gente como bandidos y tratados como asesinos, los pastores no gozaban ni de los más elementales derechos civiles.

Estaba prohibido tener cualquier relación con ellos, incluso comprarles lana, leche o carne, ya que existía la sospecha de que pudiera tratarse de productos robados [4].

Algún rabino más intransigente llega a enseñar que «si un pastor cae en un hoyo no hay que sacarlo» [5].

Son tratados como bestias salvajes. Un desprecio tan grande que está a punto de hacer entrar en crisis a algún rabino escrupuloso: ¿cómo es posible que en un salmo se llame al mismo Dios «mi pastor»? (Sal 23,1) [6].

A los pastores se les niega hasta la posibilidad de hacer penitencia y de obtener el perdón de sus culpas [7].

Para ellos no hay esperanza de salvación.

Y ellos son conscientes de esto.

Saben que cuando llegue el Mesías, Dios los castigará: serán eliminados... En efecto, él vendrá para «destruir a los pecadores con la fuerza de su palabra» y en su reino «no habitará ningún hombre habituado al mal», según había profetizado el rey Salomón [8].

Por eso el mensajero divino ha tenido que tomar sus precauciones antes de anunciarles el nacimiento de Mesías.

«No tengáis miedo...» (Lc 2,10). No, este Mesías, ya os daréis cuenta, ¡no tiene nada que ver con lo que esperáis y teméis!... No da miedo; id a verlo: no es un juez sentado en un trono... [9] ¡sino un niño... nacido sobre la paja... exactamente igual que vosotros... entre animales! [10]

---

[4] Cfr. J. Jeremias, *op. cit.*, p. 317; E. Beyreuther, art. *poimên*, en DCB, p. 1222; *Tos. B. Q.* 11,9.

[5] *Tos. B. M.* 2,33.

[6] Cfr. J. Jeremias, art. *poimên*, en GLNT (TWNT), X, 1202.

[7] Porque no pueden conocer a todos los que han engañado y no pueden restituir todo lo que han robado: *B. Q.* B. 94b bar.

[8] *Sal. Salom.* 17,24.28.

[9] Cfr. *Hag.* B. 13a.

[10] «... lugar de animales, signo de marginalidad, fuera del ambiente hu-

Y fueron.

Y vieron lo que el ángel les había anunciado.

¿Una esperanza también para ellos, los «parias» de Israel?

Y las sorpresas no se han terminado todavía.

Ahora les toca a los Magos (Mt 2) [11].

Está totalmente prohibido hablar con ellos, bajo pena de muerte [12]; se considera, en efecto, que están en contacto con los demonios: ¡lo contrario de los profetas! [13]

Son paganos.

También ellos, igual que los pastores, están excluidos del Reino de Dios [14] y no se les permite que estudien la Torah [15].

«Mata al mejor de los paganos, aplasta la cabeza de la mejor de las serpientes...» [16]

«El mejor pagano merece la muerte...» [17]

Se trata de gente impura [18], que contamina todo lo que toca..., incluidos los valiosos regalos que han traído...

¿Qué se puede hacer con ellos?

¿Tomarlos... o dejarlos?

---

mano...» (R. Laurentin, *op. cit.*, p. 255). Cfr. M. Hengel, art. *phatnê*, en GLNT (TWNT), XIV, 969.

[11] El nombre de «magos» se da a los astrónomos, adivinos, hechiceros, encantadores. Cfr. G. Delling, art. *magos*, en GLNT (TWNT), VI, 963-970.

[12] «El que aprende algo de un mago merece la muerte» (*Šab.* B. 75a). Cfr. *Sifr. Lev. XIX*, 26, 90b-c. El término tiene siempre un significado negativo en otras partes del NT (Hch 13,6.8). La Didajé coloca la prohibición de practicar la magia entre la de robar y la de abortar (*Did.* 2).

[13] «Los magos son personas que tienen relaciones con los demonios y los invocan para conseguir todo lo que saben y desean» (Orígenes, *op. cit.*, I, 60). Cfr. Filón, *De vita Mosis*, I, 277.

[14] Según Rabí Eliecer, «ningún pagano tendrá parte en el mundo futuro» (*Tos. San.* 13,2).

[15] «Un pagano que se dedica a estudiar la Torah merece la muerte, pues está dicho: 'Moisés nos dio la Torah como herencia de la asamblea de Israel' (Dt 33,4), esto es, herencia para nosotros, no para otros» (*San.* B. 59a). «Para Israel, los prosélitos son peores que la sarna» (*Yeb.* B. 47b).

[16] R. Simón ben Yojai. Cfr. *Mek. Ex.* 14,7.

[17] *Qid.* Y. 66c-d.

[18] Al pagano se le atribuye la misma impureza que a un cadáver. Cfr. *Pes.* M. 8,8. Las casas paganas se consideran inmundas, como los cadáveres. Véase J. Jeremias, *op. cit.*, p. 333.

¿Y qué sentido tiene que esta gente pagana esté aquí, con Jesús?

¿Cómo es que, si él es el «Esperado», no han aparecido los sacerdotes, los teólogos, los rabinos, las personas piadosas?

¿Cómo es que de Jerusalén, la Ciudad Santa en la que Dios habita, nadie ha venido a rendirle homenaje y, al contrario, todos se han asustado? (cfr. Mt 2,3) [19].

¿Por qué, después de haber esperado durante siglos al Mesías, al Salvador, al Rey, se asustan de él ahora que ha nacido?

María ha oído contar muchas veces el miedo que sintieron el faraón y todos los egipcíos cuando nació Moisés [20]; y cómo fueron precisamente los magos egipcios quienes aconsejaron al faraón que matara a aquel niño, que estaba destinado a arrebatarle el poder [21].

¿Estará pasando una cosa parecida?

¿Por qué Dios ha comunicado la noticia del nacimiento de su hijo precisamente a los pastores y a los magos, a esta gente que no tiene ni siquiera la posibilidad de resucitar? [22]

> «Yo no miro lo que el hombre mira.
> El hombre mira las apariencias,
> ¡YHWH mira el corazón!» (1 Sm 16,7).

---

[19] *Etarakhthê,* de *tarassô:* turbar, agitar. En el NT, la pasiva expresa una turbación psicológica, generalmente en sentido negativo: asustarse, tener miedo... (Mt 14,26). Cfr. H. Müller, *op. cit.,* DCB, p. 1882. Mateo, desde el principio de su evangelio, presenta a Jerusalén envuelta en una luz siniestra y mortal. No le da su nombre «sagrado», *Ierousalêm* (excepto cuando quiere echarle en cara su contradicción de ciudad santa: «¡Jerusalén, Jerusalén, que asesinas a los profetas!»: Mt 23,37), sino que le da siempre el de *Hierosolyma,* con un valor meramente geográfico, «profano» (Mt 2,1.3; 3,5; 4,25; 5,35; 15,1; 16,21; 20,17.18; 21,1.10). Cfr. J. Rius Camps, *El camino de Pablo a la misión de los paganos,* Cristiandad, Madrid 1984, pp. 19-20. La luz de la estrella no brilla sobre Jerusalén (Mt 2,1-10), y Jesús resucitado no se aparecerá nunca en aquella ciudad tan «santa» como asesina. La vida que Jesús comunica es incompatible con la muerte.

[20] «Asustado por la llegada de este personaje, el rey mandó matar a todos los niños varones que nacieran entre los israelitas...» (Flavio Josefo, *Ant. II,* IX, 2-3 [205.215]). Cfr. *Targum Pal. a Ex.* 1,5; Éx 2,1-16.

[21] *Šemot Rabbah* 1.

[22] *Tos. San.* 13,2.

María recuerda.
Compara.

«Conservaba todas estas cosas meditándolas en su corazón» (Lc 2,19).

Y comprende: igual que le sucedió a ella.
Dios no ha cambiado de método.
Elige siempre aquello que los hombres jamás escogerían para sus empresas (cfr. 1 Cor 1,27-30).

«La piedra que los hombres desechan porque juzgan que no es adecuada para la construcción, *a ésa* precisamente es a la que Dios da un uso más importante!» (Mt 21,42).

Esto es sólo el comienzo de los numerosos interrogantes que la presencia de esta «fuerza salvadora» (como ha profetizado el sacerdote Zacarías de Jesús: Lc 1,69) planteará a María y a José.

Mientras María sigue reflexionando sobre lo acontecido, parece que el único comentario de José, mucho más concreto que ella, es éste: «Estos peregrinos, que han venido hasta aquí desde naciones lejanas, se comportan mejor que los pastores, gente nuestra, que han venido con las manos vacías, sin regalos...» [23]

Después los acontecimientos se precipitan.

El presentimiento de María se revela, por desgracia, exacto. La respuesta del poder al Hijo de Dios es ésta: ¡muerte!

Ya no hay tiempo para reflexionar y cavilar; sólo hay tiempo para huir.

[23] *Dell'infanzia del Salvatore,* 61.

HERODES EL GRANDE...
EL GRAN ASESINO

«Es mejor ser un cerdo que ser hijo de Herodes» (Augusto)[1].

Herodes, «un viejo desvergonzado que se tiñe el cabello..., completamente idiotizado por culpa de la vejez». Así nos lo presenta el historiador Flavio Josefo[2]; sin embargo, la edad no ha supuesto una disminución de su ferocidad, que sólo es comparable a la insaciable ambición que lo devora. Perversamente sádico en su actividad sexual y en el resto de su vida privada, Herodes se rodeó de una verdadera corte pagana, en la que se puede ver de todo: desde el adulterio al incesto, sin olvidar la sodomía[3].

Subió al trono por medios ilegítimos, e intenta conservar el poder por el único método que conoce: el terror. ¡El que toca la corona, muere!

Descendiente de esclavos emancipados (él mismo puede que fuera esclavo)[4], Herodes no tenía sangre judía en las venas.

---

[1] La palabra «cerdo», en griego, suena *hys*, e hijo, *hyos*. En esta semejanza se basa el dicho siguiente, en el que se tiene en cuenta que Herodes, en cuanto hebreo, no puede comer cerdo (Lv 11,7): «Cuando se supo que Herodes, rey de los judíos, había mandado que se matara también a su hijo en la matanza de los niños menores de dos años, él [el emperador Augusto] exclamó: Es mejor ser el cerdo de Herodes que su hijo» (Macrobio, *Saturnalia,* II, IV, 11).

[2] Flavio Josefo, *Bell.,* I, 24,7; I, 30,3. Véase una eficaz caracterización en *Ant.,* XVI, 5,4. Cfr. E. Schürer, *op. cit.,* I, pp. 374-428; A. Paul, *op. cit.,* pp. 41-46.

[3] Cfr. R. Aron, *Gli anni...,* op. cit., pp. 45-46.

[4] *B. B.* B. 3b.

Su padre, Antípatro, era un idumeo rico [5], y su madre, Kypros, descendía de la familia de un jeque árabe [6]. Herodes, por tanto, no puede ser considerado judío; y el libro del Deuteronomio dice claramente que un extranjero no puede ser rey de los judíos [7]. Por tanto, según la Biblia, él debe ser considerado usurpador del trono. Pero esto para Herodes no es un problema.

¿Quién podrá interpretar y explicar a la gente este pasaje de la Biblia, tan desfavorable para el rey? ¿Algún rabino? Herodes se entera y los manda matar a todos [8].

Aunque intenta hacer pasar por auténtico un árbol genealógico falso (a su historiador de corte le encarga la tarea de propagar que procede nada menos que de los primeros judíos que volvieron del exilio de Babilonia) y trata de atribuirse incluso un origen sacerdotal, el Sanedrín [9] (la flor y nata de la aristocracia de Jerusalén) desconfía de este rey de sangre tan poco azul y toma una actitud abiertamente hostil hacia él.

Herodes resuelve también este problema obligando a cuarenta y cinco de entre los más eminentes y ricos miembros del Sanedrín a quitarse «espontáneamente» la vida [10].

En cuanto a los demás, se contenta con confiscarles todos sus bienes [11].

Ahora habrán comprendido claramente quién es el que manda.

¿Que algún incauto familiar intenta robarle el trono? Lo elimina sin escrúpulos y sin problemas, con la tranquilidad que da el

---

[5] Flavio Josefo, *Bell.*, I, 52.

[6] Cfr. J. Jeremias, *op. cit.*, p. 342.

[7] «Nombrarás rey tuyo a uno de tus hermanos; no podrás nombrar como rey tuyo a uno que no sea tu hermano» (Dt 17,15). Cfr. *B. Q.* B. 88a.

[8] *B. B.* B. 3b. Cfr. J. Jeremias, *op. cit.*, p. 344.

[9] Hebr. *Sanhedrin:* «Consejo» o «Tribunal de justicia», formado por 71 miembros y presidido por el sumo sacerdote, con sede en Jerusalén. Cfr. *San.* M. 1,6; Nm 11,16. Compete al Sanedrín guiar a Israel, regulando todos los ámbitos de su vida, tanto en el temporal como en el espiritual. Cfr. E. Loshe, art. *synédrion,* GLNT (TWNT), 167-198.

[10] Flavio Josefo, *Ant.*, XV, 1,2. (En *Ant.*, XIV, 175, escribe, sin embargo, que «Herodes, cuando se adueñó del reino, hizo matar a todos los miembros del Sanedrín».) Cfr. J. Jeremias, *op. cit.*, p. 343; E. Schürer, *op. cit.*, II, p. 277.

[11] E. Schürer, *op. cit.*, I, p. 386.

que «el rey no puede ser juzgado y ni siquiera está permitido prestar testimonio contra él» [12].

La macabra lista de los ajusticiados es larga.

Año 35 a. C.: el primero que experimentó la ira de Herodes fue el inocente Aristóbulo III, sumo sacerdote a los dieciséis años, hermano de su mujer: su única culpa fue haber suscitado el entusiasmo y la simpatía del pueblo el día en que fue revestido por primera vez con los ornamentos sagrados. Podría ser, nunca se sabe, un peligroso competidor. Hizo que lo ahogaran [13].

34 a. C.: le toca ahora a su cuñado José, primer marido de su intrigante hermana Salomé [hebr. *Šelomit]*. Asesinado [14].

30 a. C.: el trono corresponde por derecho al abuelo de su mujer, el anciano y venerable Hircano II, último representante de la legítima dinastía de los Asmoneos. Aunque ya está viejo y es inofensivo, siempre será arriesgado mantenerlo vivo. Y, puesto que no se decide a morir por su cuenta, se encarga Herodes. Asesinado [15].

29 a. C.: era inevitable que antes o después le tocara también a ella, la hermosa y amada consorte Mariamme, con la que se casó después de haberse separado de Doris, su primera mujer. Bastó con acusarla de adulterio, aunque fuera inocente. Asesinada [16]. Para consolarse tiene otras nueve mujeres [17], sin contar las concubinas de su bien provisto harén...

28 a. C.: una vez eliminada la esposa, ya no hay ningún motivo para seguir soportando a su suegra, Alejandra. Y también la elimina [18].

27 a. C.: probablemente no trae demasiada suerte casarse con la desleal hermana de Herodes. En efecto, Salomé, cansada ya de su nuevo marido, Costobar, se libera de él de la forma más rápida

---

12 *San.* M. 2,2.

13 Flavio Josefo, *Bell.,* I, 22,2; *Ant.,* XV, 3,3.

14 *Ibidem,* I, 22,2; XV, 3,9.

15 *Ibidem,* I, 22,1; XV, 6,1-4.

16 *Ibidem,* I, 22,5; XV, 7,3-6. Cfr. A. Paul, *op. cit.,* p. 43.

17 Doris, Mariamme II, Maltace, Cleopatra, Pallade, Fedra, Elpis, una prima y una sobrina.

18 Flavio Josefo, *Ant.* XV, 7,7-8.

y segura: lo denuncia ante su hermano acusándolo de conspirar contra el trono, y Herodes deja de nuevo viuda a su voluble hermanita [19].

Con esta última ejecución, Herodes ya puede dormir tranquilo: ha eliminado ya a todos los familiares de Hircano II y ninguno podrá negar su derecho al trono [20].

Pero a Herodes no le basta.

¡El trono!

Ha llegado a ser una obsesión que le hace sospechar y ver conjurados donde no los hay. Y la furia homicida, ya incontrolable, se descarga sobre su propia sangre. La lista fúnebre crece en el año 7 a. C. con los nombres de Alejandro y Aristóbulo, hijos suyos, no demasiado listos [21], a los que hizo estrangular por su hermano Ferora, envenenado después (5 a. C.), para eliminar a un testigo incómodo, que además podría llegar a ser un rival [22].

Sólo la muerte detendrá a este sanguinario empedernido, pero cuando ya sólo faltan cinco días, cuando ya estaba extenuado y en medio de los terribles dolores que le provocaba la enfermedad [23], tiene todavía fuerzas para ordenar el último asesinato: el castigo, la condena a muerte, recae sobre otro hijo suyo, el ambicioso Antípatro [24].

A la muerte de este tirano, al que Flavio Josefo describe como «el más feroz de todos los que han existido», recordando que «sus víctimas fueron una infinidad, pero los que se pudieron librar habían soportado tales sufrimientos que envidiaban a los muertos...» [25], ¿podrá llorar de dolor la gente?

Ciertamente, no.

Pero Herodes se encarga de hacerle llorar. Encierra en el hipó-

---

[19] Flavio Josefo, *Bell.*, I, 24; *Ant.*, XV, 7,10.
[20] Cfr. E. Schürer, *op. cit.*, I, p. 396.
[21] Flavio Josefo, *Bell.*, I, 27,6.
[22] *Ibidem*, I, 29,4.
[23] Flavio Josefo describe así su enfermedad: «Fiebre, picores insoportables en toda la piel, continuos dolores intestinales, inflamación de los pies, inflamación del abdomen y gangrena en los genitales, con aparición de gusanos, respiración difícil, tos» *(Bell.*, I, 33,5-7).
[24] Flavio Josefo, *Bell.*, I, 33,8.
[25] *Ibidem*, II, 6,2.

dromo de Jericó a todos los personajes más sobresalientes de cada ciudad y, a continuación, ordena a su digna hermana Salomé:

«Sé que los judíos festejarán mi muerte, pero sé también la manera de hacerles llorar por otros motivos y gozar así de un grandísimo luto. [...] Cuando yo muera deberás hacer que los soldados rodeen y maten a todos los que están encerrados, de modo que toda Judea y en toda familia, aunque no quieran, tengan que llorar por mi muerte» [26].

Suspicaz hasta con sus familiares y capaz, como hemos visto, de eliminar incluso a sus propios hijos con tal de quedar firmemente anclado en el trono usurpado, no es de extrañar que Herodes actúe con la misma ferocidad contra los peligros que vienen de fuera de su familia.

Y ahora hay un peligroso antagonista.

«Ha nacido ¡el rey de los judíos!» (Mt 2,2).

¡El Mesías!

Precisamente ahora que, gracias a la hábil propaganda de sus partidarios (los herodianos), ha conseguido ser considerado él mismo como ¡la encarnación del Mesías que anunciaron los profetas! (Ha conseguido su objetivo reduciendo al silencio —asesinando a todos sus jefes [27]— a aquellos molestos fariseos que en nombre de la Ley le habían denegado esta atribución.)

¡El rey de los judíos es Herodes!

Herodes es el Benefactor [28], ¡el Mesías!

¡Muerte al usurpador! Y para estar más seguros, ¡que mueran todos los que tienen su misma edad!

Una matanza (Mt 2,13-18).

«Herodes mandó matar a todos los niños de dos años para abajo de Bet-lehem y su comarca...» (Mt 2,16).

Ésta es la respuesta del poder al don de Dios.

El poder mata.

Siempre.

---

[26] *Ibidem,* I, 33,6.
[27] Cfr. G. Prause, *Erode il Grande,* Rusconi, Milán 1981, p. 197.
[28] *Ibidem.*

Es el momento de la huida.

Trágica experiencia que se grabará, sin llegar jamás a borrarse, en Jesús [29].

«José se levantó, cogió al niño y a María de noche, y huyó a Egipto...» (Mt 2,14).

El exilio.

Un éxodo en la dirección contraria al de Moisés: éste, desde Egipto, tierra de esclavitud, buscó refugio en Israel, tierra de libertad (Éx 3,7-10). Ahora esta última se ha convertido en tierra de opresión de la que es necesario escapar.

María se interroga.

¿Por qué toda esta sangre inocente? No la consuela rezar que «caerán mil a tu lado, diez mil a tu derecha, pero a ti nada te golpeará...» (Sal 91,7).

¿Es esto lo que profetizó Simeón en Jerusalén, en el Templo, cuando consagraron su hijo a YHWH, en aquella bendición de final amargo: «... y una espada te traspasará el alma»? (Lc 2,35). ¿De verdad que este niño será la «ruina de muchos en Israel»? (Lc 2,34) [30].

---

[29] «... Pensemos en el papel decisivo que ha desempeñado la humanidad de la joven hebrea que Dios eligió para la encarnación del Verbo. El psicoanalista reflexiona atentamente sobre el significado que tuvo para María y, en consecuencia, para su hijo, el viaje a Belén al final del embarazo, las amenazas de Herodes, la matanza de los inocentes, la huida a Egipto, etc. ¿Será, quizá, que Jesús quiso participar de la condición humana también con las señales que quedaron en él a causa de la condición en que su madre tuvo que vivir durante el embarazo y en el período posterior al parto?» (entrevista al profesor Leonardo Ancona, de la Universidad Católica, realizada por V. Messori, en *Jesus*, núm. 6, 1987, p. 70).

[30] La figura de la espada (gr. *romphaia),* única vez que aparece en Lucas, y del verbo «traspasar/atravesar» (gr. *dieleusetai),* aluden al texto de Ez 14,17: «Si mando la espada contra ese país, si ordeno a la espada que atraviese el país y extirpo de él hombres y animales...» Este versículo forma parte de una perícopa (14,12-23) en la que Dios amenaza con destruir Jerusalén como castigo de «un delito». Dios asegura que sólo los justos, personificados en Noé, Daniel y Job, se salvarán, mientras que el pueblo será destruido. El término griego *psykhe,* usado por Lucas, traduce el hebreo *néfeš,* que, además de «alma/vida», significa «anhelo/aspiración/deseo». Véanse Sal 107,9; C. Westermann, art. *néfeš,* en DTAT, 70-71. Con esta alusión, las palabras

El recuerdo de estos hechos trágicos, el sordo rencor incubado a lo largo de los años por tantos padres privados de sus hijos, estallarán con toda su fuerza contra María, el día en que a Jesús —escapado ahora de la matanza— le llegue la hora de morir en la cruz:

«... y las mujeres hebreas que la oían llorar la injuriaban: Hoy ha llegado nuestra venganza contra ti y contra tu hijo. Por tu culpa nuestro seno quedó sin hijo, dos años después de que tú lo engendraras» [31].

Después del exilio en tierra egipcia, José no vuelve con María y Jesús a Bet-lehem. Al saber que en Judea —muerto, finalmente, Herodes— ha subido al trono el peor de sus hijos, el brutal y tiránico Arquelao [32], piensa que quizá sea más prudente emigrar al norte: a la vieja Nazaret (Mt 2,19ss), donde gobierna Antipas, el menos sanguinario de los hijos del viejo rey.

---

de Simeón adquieren su pleno significado: el dolor supremo del Israel fiel a Dios que ha aceptado al Mesías será la ruina del pueblo, consecuencia del rechazo y de la muerte de Jesús. La espada truncará las aspiraciones mesiánico-nacionalistas de María/pueblo, que experimentará la muerte de Jesús como el fracaso de la salvación que esperaba.

[31] *Evangelio de Gamaliel,* 2,28.

[32] Flavio Josefo, *Bell.,* II, 7,3; *Ant.,* XVII, 13,2; E. Schürer, *op. cit.,* I, pp. 458-462. Arquelao, tan cruel como su padre, fue depuesto por Augusto en el 6 d.C. Cfr. Flavio Josefo, *Bell.,* II, 7,3; *Ant.,* XVII, 13,2.

UN HIJO DIFICIL

«Es más fácil para un hombre cultivar todo un olivar en Galilea que criar un hijo en la tierra de Israel» (*Ber.* r. 20).

La familia de Nazaret sería santa, pero no tranquila [1].

Y, como sucede en muchas familias, es el hijo la causa de la intranquilidad.

No lo comprenden.

Y él no hace nada para facilitar las cosas.

No hay diálogo.

Santos e inquietos... los tres.

Inquieto José, que no ve respetada su autoridad; inquieta María, que no comprende a este hijo [2]; inquieto Jesús, que soporta mal las pretensiones de sus padres [3].

En hebreo, «familia» se dice «casa del padre» (hebr. *Bet 'ab),*

---

[1] La «Sagrada Familia» sería, sin duda, «santa», pero ciertamente no fue tranquila. Debemos quitarnos de la cabeza la imagen de la familia de Nazaret que nos ha transmitido la pintura tradicional: la Virgen, con el manto celeste, que hila la lana; San José, todo seráfico, que trabaja la madera, y el Niño Jesús, rubio como un sueco, ojos azules, mejillas sonrosadas, con una túnica que, «más blanca, imposible», siempre en ademán de bendecir, como si estuviera entrenándose para la futura misión..., algún angelito suelto por aquí y por allá, un pajarito, las florecitas que hagan falta... ¿Habrá algo más idílico? ¡Nada de esto!

[2] «[María] es dichosa porque 'ha creído', y *cree cada día* en medio de todas las pruebas y contrariedades del período de la infancia de Jesús (RM 17).

[3] «Parece, por tanto, que existió una grave tensión entre Jesús y su familia» (D. Flusser, *Jesus,* op. cit., p. 23).

término que subraya con exactitud su carácter patriarcal: la familia hebrea está sometida a la indiscutida y despótica autoridad del cabeza de familia [4].

No existe ni siquiera el concepto de «padres/progenitores» [5]; sólo un *ʾab* (padre) y una *ʾem* (madre). Y, aunque ambos contribuyen al nacimiento del hijo, lo hacen con funciones de diferente importancia: el padre es quien produce la semilla a partir de la cual se desarrollará el feto; el papel de la madre se reduce sólo a acoger esta semilla, alimentarla y finalmente darla a luz, pero sin añadir nada de sí misma; ni más ni menos que la función de una incubadora.

Y así, el niño es «todo de su padre», «descendencia» sólo paterna; en el caso de la madre no se trata de descendencia, sino sólo de «filiación» [6].

El *qatan* [pequeño/niño] es considerado poca cosa: «La uña de los padres es más importante que el estómago de los hijos» [7]. Una práctica bastante frecuente era echar un hijo en los cimientos de la casa que se iba a construir (1 Re 16,34) [8]; y los rabinos se las ven y se las desean para convencer a los habitantes de Jerusalén de que no es necesario asar a los propios hijos para ofrecérselos al dios Molok en el valle de la Gehenna [9].

Los hijos no tienen ningún derecho, sólo deberes [10]; igual que

---

[4] Cfr. H. Ringgren, art. *ʾab,* en GLAT, I, 18 y 19.

[5] No existe ni siquiera un término al respecto. La palabra *horim* es posbíblica.

[6] El padre es el único que «engendra» al hijo; la mujer se limita a «darlo a luz»: «¿Quién se atreverá a decirle a un padre: '¿qué *engendras?*' o a una madre '¿qué *das a luz?*'» Cfr. A. Tosato, *op. cit.,* pp. 164-165.

[7] *Ber.* r. 45,9.

[8] «Recientemente ha sido descubierto un gran número de ánforas que contenían esqueletos de recién nacidos, la mayor parte con unos ocho días, que fueron colocados vivos dentro de estos recipientes, llenados después de tierra...» R. Aron, *Gli anni...,* op. cit., p. 37. Cfr. *San.* B. 113a.

[9] El valle de la Gehenna es el lugar del *tófet* [quemadero], santuario en el que se ofrecen sacrificios humanos, particularmente de niños que, degollados antes o atados vivos al altar, eran quemados en honor del dios Molok. Cfr. Lv 18,21; 2 Re 16,3; 21,6; 23,10; 2 Cr 28,3; 33,6; Jr 7,31ss; 19,2ss; 32,35. Esta práctica es condenada en el Talmud: *San.* M. 7,7. Cfr. J. Jeremias, *op. cit.,* p. 34; A. Chouraqui, *op. cit.,* pp. 206-207; 267-268.

[10] *Qid.* Y. 61a; *Tos. Qid.* 1,11.

las mujeres, no forman parte de las categorías de personas para las cuales se imparte la bendición [11], y en las listas de habitantes siempre se presentan junto a los esclavos y a los imbéciles [12].

El hijo debe sólo obedecer, y esta obediencia a sus padres tiene el valor de un deber religioso; el honor debido a los padres lo equipara Dios al honor que se rinde a su misma Persona [13]. Por lo menos hasta los trece años, cuando, al alcanzar el niño la mayoría de edad religiosa, el padre puede ya desentenderse de él, por lo que bendice al Señor: «Bendito eres tú, Señor, que me has exonerado de la responsabilidad de este hijo» [14]. Pero hasta esa edad, si no vive sometido, la Biblia sugiere que no se actúe con debilidad (Dt 21,18-21). «El que ama a su hijo usa con frecuencia el látigo» (Eclo 30,1); «dóblale la cerviz mientras es muchacho y dale en las costillas cuando aún es pequeño» (Eclo 30,12).

Los rabinos enseñan:

> «El que ahorra castigos a su hijo le da una mala educación y, al final, acabará siendo odiado por él... David no amonestó a su tiempo a su hijo Absalón y no lo domesticó; y éste tomó un mal camino, se hizo enemigo de su padre, hizo la guerra contra él y lo obligó a caminar descalzo y llorando...» [15]

No tenemos pruebas de que José usara el látigo con Jesús, pero de algún tirón de orejas nos hablan los evangelios apócrifos, menos preocupados de turbar la imagen de la «sagrada familia»: «Cuando vio lo que Jesús había hecho, José, irritado, lo cogió de la oreja» [16]. Y, naturalmente, son incontables las regañinas que Jesús, muchacho difícil, recibió: «José lo reprendió diciendo: ¿Por qué haces en sábado cosas que no te está permitido hacer?» [17]

Pero esta vez se ha pasado: ha sido tal la faena, que ha recor-

---

[11] *Ber.* M. 7,2.

[12] *Hag.* M. 1,1; *Ber.* M. 3,3.

[13] Cfr. *Qid.* B. 30b; *B. B.* M. 7,7; *Ter.* M. 1,1.

[14] *Ber.* r. 43,10. Cfr. R. Aron, *Così pregava l'ebreo Gesù,* Marietti, C. Monf. 1985, p. 186.

[15] *Šem. r.* 1.

[16] *Trattato sull'infanzia di Gesù secondo Tommaso,* 5,3.

[17] *Ps. Mt.* 27,1.

dado a José las palabras del Talmud en las que Dios, a propósito del hijo que aflige a sus padres, dice: «He hecho bien no habitando con ellos, pues, si hubiera habitado con ellos, ¡me habrían afligido a mí mismo! »[18]

La confusión en Jerusalén es enorme.

Sus cerca de treinta mil habitantes (dentro y fuera de los muros) se preparan para acoger a los casi ochenta mil peregrinos que cada año suben a la Ciudad Santa para la fiesta de la Pascua (hebreo *Pesaḥ*).

Ésta es la más importante de las tres fiestas que, con un carácter agrícola y religioso a la vez[19], todo hebreo que haya cumplido los trece años debe celebrar en Jerusalén, según prescribe la Ley (Éx 23,14-17; 34,23). Para los que vienen de lejos basta que estén en la Ciudad Santa el día de Pascua. El que puede costearse el gasto se queda todos los días que dura la fiesta: una semana (Éx 12,15; Lv 23,8; Dt 16,3); el que no puede, basta con que se quede una sola noche.

Aunque todavía no es *gadol* (adulto) o *bar 'onašim*[20] (no ha cumplido todavía los trece años[21]), Jesús, con su padre y su madre, va en peregrinación a Jerusalén para la fiesta de Pascua. José y María no han dejado nunca de subir a la Ciudad Santa para la fiesta; pero esta vez llevan también a su hijo. En efecto, es práctica común hacer participar en la peregrinación también a los hijos de doce años, para acostumbrarlos al cumplimiento del precepto que

---

[18] *Qid.* B. 30b.

[19] La fiesta de primavera o de los ácimos (Pascua), la de la siega (Pentecostés) y, al final de la estación de los frutos, la fiesta de la cosecha (Chozas), se llamaban las «santas reuniones», para distinguirlas de las fiestas de la cosecha que se celebraban en los países vecinos y que terminaban en orgías y en ritos de la fecundidad. Cfr. I. Epstein, *op. cit.*, p. 21.

[20] Lit.: «hijo del castigo», significando que, siendo ya responsable de sus propios actos, se le puede en adelante imponer un castigo en caso de culpa. Cfr. R. Aron, *Così pregava...*, op. cit., p. 159.

[21] Apenas aparecen los primeros signos de su condición masculina, el adolescente israelita está obligado a cumplir la Torah en su totalidad. E. Schürer, *op. cit.*, II, 547. «Cuando a un muchacho empieza a despuntarle el vello, desde ese momento está obligado a cumplir todos los mandamientos prescritos en la Torah» (*Nid.* M. 6,11); «A los trece años empieza la obligación de cumplir los preceptos religiosos» (*P. Ab.* 5,23).

será obligatorio a partir del siguiente año [22]. Y poco después del mediodía del 10 de Nisán (marzo-abril), parten también ellos de Nazaret, después de haber participado con sus paisanos en la ceremonia que se celebra en la sinagoga para pedir la protección de Dios durante la peregrinación y una vez pronunciada la siguiente oración: «Oh Dios eterno, Dios de mis padres, dígnate asistirme en este viaje». Por etapas, en cuatro días, recorrerán los 141 kilómetros que separan Nazaret de Jerusalén [23].

En cuanto llegan, en seguida se ven envueltos en el clima de festiva y alegre confusión que se respira en la Ciudad Santa. Alegría que es alimentada por la abundante ingestión de buen vino, considerado uno de los medios para observar el tercer precepto que se debe cumplir en la fiesta de la peregrinación: «Y te alegrarás en tu fiesta» (Dt 16,14) [24], como expresamente aconseja el Talmud: «Todo hombre está obligado a alegrar a sus hijos y sus parientes en la fiesta de la peregrinación. ¿Por medio de qué los alegra? Con el vino» [25]. José y María se ven cogidos de tal manera por la fiesta, por las ceremonias, por las danzas, por la adquisición de los «recuerdos de Jerusalén», que no pueden faltar, por los saludos y las charlas con los parientes y conocidos, que no tienen tiempo para ocuparse de Jesús: los hijos no son objeto de ningún cuidado o atención por parte de sus padres [26]; y Jesús se aprovecha.

Cuando todos emprenden el camino de vuelta, él se queda en Jerusalén.

José y María no se dan cuenta... Si los hijos son considerados como nada, ¿por qué Jesús debería constituir una excepción?

---

[22] Cfr. J. Jeremias, *op. cit.*, p. 94.

[23] Cfr. R. Aron, *Così pregava...*, op. cit., pp. 109-110.

[24] «La más importante de todas estas manifestaciones de alegría es beber vino, porque está destinado, sobre todo, a la alegría» (54.° precepto). Maimónides, *op. cit.*, pp. 123-124.

[25] *Pes.* B. 109a. Pasarse en la bebida era una cosa tan normal durante las fiestas, que el sacerdote Elí, viendo a Ana rezando con fervor, creyó que estaba ebria: «¿Hasta cuándo te va a durar la borrachera? ¡A ver si se te pasa el efecto del vino!» (1 Sm 1,12-14). Cfr. Is 22,13; Am 2,8.

[26] R. Dôsâ' ben Hârkînâç decía: «El sueño de la mañana, el vino del mediodía, las charlas con los niños... llevan al hombre a la muerte» *(P. Ab.* 3,14).

Sólo después de un día de viaje, a treinta kilómetros ya de Jerusalén, empiezan a darse cuenta de que Jesús no está con ellos...

No lo han visto en el almuerzo... comerá en alguna parte... no hay que preocuparse... ya se las arreglará... llegará... Pero Jesús, sin embargo, no se deja ver.

Y se ven obligados a volver a Jerusalén para buscarlo.

El cielo del mes de Nisán, cargado de nubes, está menos oscuro que el rostro de José... «esta vez...».

Las fiestas hace poco que han terminado y la ciudad aún hierve de gente.

¿Adónde buscarlo?

Tres días de angustia y de búsqueda inútil.

Nada.

María recuerda la «espada» que iba a traspasarle el corazón (Lc 2,35).

Al final, encuentran a Jesús.

María, con una mezcla de angustia y de rabia, de alivio y de asombro, lo ve en el centro de una animada discusión teológica en uno de los pórticos del templo, y se dirige a él con este reproche: «Hijo [27], ¿por qué nos has hecho esto? ¡Mira con qué angustia te buscamos tu padre y yo! » (Lc 2,48).

Jesús no acepta el reproche.

A su madre, que le recuerda el cuarto mandamiento (el respeto debido a los padres), le replica con el primero (Éx 20,1-12). Y devuelve el reproche a sus padres. Lo hace con palabras tan duras que habría merecido algo más que un tirón de orejas de parte de José.

«¿Por qué me buscabais?»

A continuación, como para dar más fuerza al reproche, expresa su asombro por la ignorancia de ellos; deberían saber cómo están las cosas y, sin embargo, demuestran desconocerlo: «¿No sabíais...?»

¿Todavía no lo habéis comprendido?

---

[27] María lo llama *teknon,* «hijo», del verbo *tiktô* = dar a luz, y no *hyos. Teknon* tiene una connotación de dependencia, de lazo físico, que Jesús no acepta. Este término no volverá a aplicarse a Jesús en todo el NT.

«Yo debo ocuparme de las cosas de mi Padre»[28].

Y Jesús subraya con fuerza el «mi».

María se ha equivocado. Y Jesús se lo recuerda: su padre *no es* José («tu padre y yo...»). Es Otro. Y conviene que lo recuerde.

Y que lo recuerde también José: Jesús no tiene ninguna obligación para con su familia[29].

Lo recordarán, sí; pero sin comprenderlo.

«Ellos, sin embargo, no comprendieron sus palabras» (Lc 2,50).

¿Qué le ha pasado a su hijo Jesús?

¿Se tratará de un arrebato juvenil o, por el contrario, será una actitud duradera?

José espera sólo que llegue cuanto antes el primer sábado después de que cumpla los trece años; entonces Jesús se pondrá por primera vez el *tallit,* el chal de la oración; finalmente podrá bendecir a YHWH por haberlo liberado de toda responsabilidad en relación con este extraño muchacho.

Y vuelven juntos a Nazaret[30].

Un grupo silencioso.

Ninguno habla; cada uno de ellos marcha ensimismado en sus

---

[28] Aunque la expresión *en tois tou patros mou dei einai me,* lit. «debo estar en lo de mi Padre» (Lc 2,49), admite una interpretación local, «en casa de mi Padre», debe preferirse, de acuerdo con el contexto, que sitúa a Jesús en el ámbito de la enseñanza, un sentido más genérico: «en lo que es de mi Padre» o «que pertenece a mi Padre». En Lc 19,46 figura la expresión «mi casa» [de Dios] aplicada al templo, para denunciar que haya sido convertida en «una guarida de bandidos». La ausencia del término casa (gr. *oikos)* en 2,49 muestra que no existe paralelismo entre los dos pasajes. El templo como tal no es el lugar de la presencia divina. Para Israel esta presencia queda sólo en las antiguas Escrituras, que los maestros con los que Jesús se encuentra enseñan en el mismo templo como palabra y revelación divina. Cfr. el análisis que hace R. Brown, *op. cit.,* pp. 646-648; 666-667.

[29] Cfr. R. Brown, *op. cit.,* p. 671. Sobre lo difícil que resulta definir a José como padre «putativo», «adoptivo», «espiritual», cfr. *Dict. Spiritualité,* Beauchesne, París 1974, VIII, 1293-1294.

[30] Jesús vuelve a Nazaret por decisión propia (Lc 2,51), aunque permanece bajo la autoridad de José y María. Autoridad que, en cualquier caso, queda relativizada por lo sucedido en Jerusalén. El designio divino acerca de Jesús («debo estar...») no depende de su familia natural. Sus «padres» no pueden invocar ningún derecho sobre él. (Acerca del *dei* lucano como expresión de la soberana voluntad de Dios, cfr. W. Grundmann, art. *dei,* en GLNT [TWNT], II, 793-799.)

pensamientos porque no se comprenden, y cualquier palabra puede suscitar quién sabe qué reacciones.

Jesús reflexiona sobre lo que ha visto en Jerusalén, lo que ha sentido por dentro; se pregunta qué puede haberlo impulsado a contestar abiertamente a los sacerdotes y a los teólogos [31].

Ha quedado trastornado por lo que sucede en el Templo.

Otros peregrinos, de vuelta al pueblo, ya le habían hablado; pero por vez primera ha podido asistir a un sacrificio de animales... una carnicería; uno tras otro, corderos, novillos, palomas, ¡todos degollados en honor de YHWH! Un río de sangre ¡para satisfacción de Dios!

Acostumbrado al sereno culto familiar de Nazaret, constituido sólo por bendiciones [32], en pacífica armonía con la creación [33], Jesús ha quedado desconcertado por el sanguinario culto del Templo de Jerusalén; por su mundo jerarquizado, codificado, momificado; por su pomposa liturgia, tan solemne como inútil; por su vano intento de expresar un valor del que carece; por ese empeño en cargar de sentido religioso los hechos más ordinarios de la vida, intentando alcanzar a un Dios al que la misma religión hace cada vez más lejano e inaccesible.

En Nazaret, ni el rabino, ni mucho menos el jefe de la sinagoga, intentaron nunca hacer de intermediarios entre los fieles y YHWH. En Jerusalén, sin embargo, actúa un clero jerarquizado en rígidos estamentos, que mantiene a la gente a la debida distancia de Dios; y que, en el santuario, se erige en mediador exclusivo entre la multitud de la gente y YHWH, de quien hasta el nombre,

---

[31] Ni los evangelios ni ningún otro documento ofrecen el menor indicio que pueda revelar el contenido de la conversación de Jesús con los doctores (Lc 2,46). Sobre la hipótesis que se propone, véase la interesante reflexión de R. Aron, *Così pregava...*, op. cit., pp. 124-186.

[32] El hebreo piadoso bendice a Dios por todo y en todo momento. Según la tradición rabínica, son cien las bendiciones diarias: «Todo hombre tiene la obligación de recitar 100 bendiciones cada día...» *(Men.* B. 43b). Véase C. Di Sante, *op. cit.,* p. 20.

[33] El lugar central que ocupa la bendición en la vida de todo hebreo se debe también al hecho de que —según la interpretación rabínica— el mundo fue creado mediante la letra *Beth (Berešit)* [génesis/al comienzo...] porque ésta es la inicial de la palabra *berakah,* «bendición». Cfr. *Ber. r.* 1,10.

rodeado de misterio, es invocado a escondidas en el santuario: hablar con Dios es aquí un privilegio propio del sacerdote, mientras que en Nazaret puede hacerlo toda la comunidad.

Las bendiciones son sustituidas aquí por las matanzas de animales; la alabanza, por la sangre; la vida, por la muerte; y la ropa de diario, por los suntuosos ornamentos sacerdotales, que pretendidamente aíslan a los curas y los distinguen de los fieles [34].

Y Jesús, continuador de aquella protesta que apareció ya en tiempos de Moisés y Aarón con Coré (el primer anticlerical de la Biblia, que, en nombre de los derechos de todo el pueblo, denunció la dictadura de los dos hermanos), contesta también él la legitimidad de todo aquello: «Todos somos sacerdotes, un pueblo sacerdotal. ¿Cómo es que algunos se permiten colocarse por encima de los demás?» (Nm 16,3; cfr. Éx 19,6). Y en nombre de la Escritura, «aquello que es de su Padre», y apelando a los profetas, rechaza no sólo los sacrificios cruentos, el culto y el sacerdocio, sino la misma existencia del Templo [35].

---

[34] «Mientras el templo era la escena de un servicio divino de carácter jerárquico-sacral, celebrado por sacerdotes y levitas, la sinagoga, por el contrario, representa el elemento democrático del hebraísmo. En ella el servicio divino era dirigido por laicos y no por sacerdotes de la estirpe de Aarón...» Cfr. S. Ben-Chorin, *op. cit.*, p. 78.

[35] En la Biblia se ve con claridad que Dios es contrario a la construcción de un templo, a los ritos y a los sacrificios: «¿Tú quieres construirme una casa para que habite en ella? ¡Pero yo no habito en ninguna casa, y nunca he pedido que se me edifique una!» (2 Sm 7,5-6). «El Señor dice: Yo odio vuestras fiestas religiosas, más aún, las desprecio. Detesto vuestras asambleas solemnes. Cuando me presentáis vuestros sacrificios en el altar, no los acepto; cuando me ofrecéis trigo, lo rechazo; cuando me traéis animales cebados para sacrificarlos como signo de paz, ni siquiera los miro. ¡Basta! No quiero oír más el estrépito de vuestros cantos, el son de vuestras arpas» (Am 5,21-24). «Nada me importan vuestros numerosos sacrificios; vosotros me ofrecéis ovejas y las partes grasas de vuestros carneros. No sé qué hacer con la sangre de vuestros toros, corderos o cabritos. ¿Quién os ha pedido que traigáis todas estas cosas cuando venís a darme culto, y que hagáis tanto alboroto como el que hacéis en mi santuario? Vuestras ofrendas son inútiles... Me repugnan vuestras celebraciones: para mí resultan un peso que no consigo ya soportar. Cuando levantáis las manos para rezar, yo miro a otro lado» (Is 1,11-15; 66,1; cfr. Os 8,13; Jr 7,1ss; 11,15; 26,6; Miq 3,12; Ap 21,22). Cfr. también J. Mateos, *Marcos 13. El grupo cristiano en la historia,* Cristiandad, Madrid 1987, pp. 85-102.

Algo ha cambiado en él.

Algo se ha roto.

El Jesús que vuelve a Nazaret no es el mismo de antes; «las cosas» de su Padre le queman dentro: un fuego que ha venido a incendiar la tierra (Lc 12,49). Se siente triste por no haber logrado transmitir esta llama a sus padres, como tampoco lo consiguió con los curas del Templo.

Es el principio de su ruptura radical con la familia, la religión y la patria [36].

[36] Cfr. I. Magli, *La Madonna,* Rizzoli, Milán 1987, pp. 40-42.

MALDITO O ANORMAL

«El célibe no es un hombre en el pleno sentido de la palabra» (*Ber. r.* 17,2).

María sufre por ello.

Su hijo es un escándalo y objeto de los chismes del pueblo.

Jesús, que tiene ya más de treinta años [1], ¡todavía no se ha casado!

No hay argumentos para convencerlo de que debe tomar esposa. Es inútil recordarle que jamás ha existido un Rabí que no se haya casado [2] y que Moisés, el gran liberador del pueblo de Israel, tenía dos mujeres y dos hijos (Éx 2,21.22; 18,4; Nm 12,1); que Abrahán, además de estar casado con Sara, lo estaba también con Agar y Ketura (Gn 11,29; 16,3.4; 25,1), y que Jacob tuvo cuatro

---

[1] Dionisio el Pequeño (monje del siglo VI) se equivocó al calcular la fecha del nacimiento de Jesús: él la fijó en el año 754 de Roma. Puesto que Herodes murió en el 750 —al menos dos años después del nacimiento de Jesús (Mt 2,16)—, se puede fijar aproximadamente en el año 748 de Roma y, por tanto, en el... 6 a.C. La expresión «cerca de treinta años» de Lc 3,23 entiende los treinta años como la edad en la que el hombre está en plenitud de fuerza (*P. Ab.* 3,25), edad, por consiguiente, adecuada para emprender una particular misión. Cfr. 2 Sm 5,4: «David tenía treinta años cuando fue elegido rey...» Cfr. A. Chouraqui, *op. cit.*, p. 17. Según Ireneo, Jesús tenía al morir casi cincuenta años (*Adversus Haereses*, II, 22,5: PG 7, 785). Véase C. Perrot, *Gesù e la storia*, Borla, Roma 1981, pp. 74-75.

[2] El único Rabí célibe del que se tiene noticia es del siglo II: Ben Azzay, que fue reprendido por este motivo. Cfr. *Yeb.* B. 63b; *Tos. Yeb.* 8,4; también, *Sot.* B. 4b: «Un Rabí que no esté casado es algo que no se puede ni siquiera imaginar». Cfr. S. Ben-Chorin, *op. cit.*, pp. 171-172.

mujeres (Gn 29,15.30; 30,1-9); que el rey David, del que bien o mal desciende, había tenido una decena, de las que tuvo veinte hijos varones «sin contar los hijos de sus concubinas» (1 Cr 3,9; 1 Sm 18,27; 2 Sm 3,4; 11,2ss); para no hablar de Salomón, el gran rey, que tenía un verdadero ejército entre esposas y concubinas (700 esposas y 300 concubinas) (1 Re 11,3).

¿A qué viene esta rareza de no querer tomar esposa? «El hombre está obligado a reproducirse» [3].

El que no tiene hijos queda deshonrado, es despreciado, juzgado un ser indigno [4], considerado como un muerto [5]; más aún, el hombre que rechaza el matrimonio, ¡él mismo se hace merecedor de la muerte! [6]

¿Es posible que no haya en Nazaret, entre todas las Raquel, Sara, Susana..., ninguna mujer que sea adecuada para ser su esposa?

Es cierto que no es fácil para una mujer vivir junto a un profeta, y la historia de Séfora así lo enseña [7], pero el tomar esposa es una cosa tan importante que «el hombre está autorizado a vender un volumen de la Torah para casarse» [8]; y el que no piensa casarse y tener hijos es igual que si matara a un semejante y a la misma imagen de Dios [9], porque viola la Ley. En efecto, Dios manda expresamente: «Sed fecundos y multiplicaos» (Gn 1,28).

¡Gedeón sí que había cumplido el mandamiento con la hermosura de 70 hijos que tuvo con sus muchas mujeres! (Jue 8,30-31).

---

[3] *Ber. r.* 1,28; 7,12. En la Biblia no existe ningún término para indicar al o a la célibe. Cfr. A. Chouraqui, *op. cit.*, p. 135.

[4] «El hombre que no tiene mujer e hijos es despreciado y considerado una persona vil...» *(Libro de Ajicar,* 68a,28.) El celibato era practicado sólo en la secta (considerada heterodoxa) de los Esenios (Flavio Josefo, *Bell.*, II, 8,2).

[5] *Ber. r.* 71,5; 45,2.

[6] *Yeb.* B. 64a.

[7] Según un comentario fariseo a Nm 12,1, Séfora, triste por el nuevo matrimonio de Moisés con una negra, al tener noticias de que habían surgido nuevos profetas, se desahoga de esta manera: «Lástima de sus mujeres si éstos se ponen a hacer de profetas; ¡las abandonarán, como mi marido me ha abandonado a mí!» Cit. en D. Lattes, *op. cit.*, p. 459.

[8] *Meg.* B. 27a.

[9] *Yeb.* B. 63b; *Tos. Yeb.* 8,4; *Ber. r.* 34,14.

El hombre no puede permanecer sin mujer, enseñan los rabinos [10]:

«El estado matrimonial es tan importante, que el Santo, bendito sea, en las tres partes de la Escritura —Pentateuco, Profetas, Hagiógrafos— pone en relación su nombre con el matrimonio» [11].

El único camino para la santidad es el del matrimonio [12], y el que no se casa es excluido de ella y es considerado como un muerto [13].

El mismo Dios está pendiente de que el hombre se case, y si no lo hace antes de cumplir los dieciocho años —período indicado para el matrimonio de los varones [14]—, espera paciente hasta los veinte; si entonces no se casa, lo maldice para siempre [15]. Por tanto, el que no se casa «vive sin alegría, sin bendición, sin felicidad» [16].

Maldito.

A menos que...

A menos que «alguna cosa no funcione»... que sea un anormal [17]; y ésta es precisamente la calumnia que desgraciadamente circula por Nazaret y sus alrededores acerca de Jesús, calumnia que tanto entristece a su madre... «Un hombre sin mujer no es un hombre» [18].

---

[10] *Tof. Yeb.* 8,4.

[11] «El hombre que vive sin mujer, vive también sin ley, como está escrito en el libro de Job 6,13: '¿Es que ya no hay ayuda para mí? Entonces, ¿se me niega incluso la comprensión?'» *(Midraš Tehillim* 59,2). Cfr. *Yeb.* B. 62b.

[12] El término hebreo para el matrimonio es *Qiddušim,* «santificación». Cfr. cap. II. En la lista de las virtudes necesarias para alcanzar la santidad, la virginidad está ausente. Cfr. *Sot.* M. 9,15.

[13] Dt 23,2; *Ned.* B. 64b.

[14] *P. Ab.* 5,23.

[15] *Qid.* B. 29b. «El cielo rechaza al hebreo que no tiene mujer» *(Pes.* B. 113a).

[16] *Yeb.* B. 62b; *Ber. r.* 17,2.

[17] «El celibato, salvo en casos rarísimos que no se dan en nuestros ambientes, es una culpa, si no es consecuencia de defectos físicos o de enfermedades que hacen imposible el engendrar hijos» (E. S. Artom, *op. cit.,* p. 172). Cfr. *Ket.* B. 67b.

[18] *Yeb.* B. 62b.

Quizá para rebatir esta acusación y para defender su celibato explicará Jesús que «hay quien nace eunuco y quien se hace eunuco por el Reino de Dios...» (Mt 19,12) [19].

Después, Jesús se marcha; deja a su madre, a sus parientes y a su pueblo.

---

[19] «... estas palabras representan la reacción de Jesús a una calumnia lanzada contra él y sus discípulos. Quizá se le achacaba el ser eunuco porque vivía célibe» (H. C. Hahn, art. *eunoukhos,* en DCB, p. 296). Cfr. M. Adinolfi, *op. cit.,* pp. 128-130.

PRIMERA PREDICACION DE JESUS

«... *y lo echaron fuera de la ciudad...*» (Lc 4,29).

Este sábado en Nazaret, en la sinagoga (herb. *Bet Kenesset* = «Casa de la Asamblea»), hay una gran expectación. María ha sido la primera que ha cogido sitio en el pequeño sector (separado del de los hombres) reservado a las mujeres. Por fin se ha decidido Jesús a volver al pueblo que había abandonado para unirse —eso dicen— al movimiento de un cierto Juan ben Zacarias, llamado el «Bautista». Éste, al que el pueblo considera santo (y quizá también un poco fanático), está, sin embargo, mal visto por las autoridades religiosas (Mt 21,25), que lo consideran loco, poseído por un demonio (Mt 11,8). Ahora está en prisión, en la supercárcel de Maqueronte, por problemas políticos con el tetrarca Herodes Antipas [1].

Se sabe que Jesús se ha puesto a enseñar en las sinagogas; las voces, llenas de entusiasmo, que llegan a Nazaret desde los pueblos vecinos desplazan los desagradables chismes de otros tiempos: va por todas partes cosechando el asentimiento de las gentes y grandes alabanzas (Lc 4,14).

Y ahora prueba también en su pueblo.

Por primera vez va a hablar en la sinagoga, y todo Nazaret está en ascuas. Si lo que se dice de Jesús es verdad, la revolución está ya cerca y los romanos tienen las horas contadas; los que han muerto serán vengados, el «Nombre» no volverá a ser profanado

[1] Flavio Josefo, *Ant.*, XVIII, 5,2. Cfr. Lc 3,19-20.

por los paganos, que serán reducidos a esclavos de los hebreos [2]. Israel entero resurgirá: «Reconstruirán las viejas ruinas, volverán a levantar los antiguos escombros, restaurarán las ciudades desoladas» (Is 61,4).

El *Raši-ha-kenesset* (jefe de la sinagoga) está satisfecho: este sábado no ha tenido que esforzarse para que estuvieran presentes (a sueldo) un mínimo de diez adultos varones, el *minyan,* indispensables para el desarrollo de la liturgia [3].

Nazaret entero está presente.

La oración da comienzo con el canto del salmo 92, el salmo del sábado: *Tob le'odot le 'Adonai...* («¡Es hermoso alabar al Señor!»). Liquidada con un apresurado amén la recitación del *Šema',* la gente escucha a Jesús, que lee algunos capítulos del Deuteronomio; finalmente, la «lectura de despedida»: los Profetas [4].

Todos los ojos están fijos en él (Lc 2,40).

En lugar de continuar, como se debe hacer, con el texto señalado para la liturgia de ese día, Jesús busca otro pasaje [5].

Y empieza a leer.

Ruah 'Adonai 'Elohenu... Se trata del texto hebreo del capítulo 61 de Isaías, pasaje muy conocido y que gusta mucho a la gente. Al terminar cada versículo, Jesús hace una pausa para permitir al *Meturgeman* (traductor) la traducción simultánea al arameo [6].

---

[2] «En los tiempos mesiánicos, cada hebreo tendrá 2.800 siervos [paganos]» *(Pesiqta Rabbati,* 36). Cfr. Is 49,23.

[3] *Ber.* B. 3,21b; 1,6a; E. Schürer, *op. cit.,* II, p. 569.

[4] A la lectura de los profetas se la llama «de despedida», porque con ella se termina la liturgia y los fieles se saludan unos a otros. E. Schürer, *op. cit.,* II, p. 586; S. Ben-Chorin, *op. cit.,* pp. 78-81.

[5] Buscó: gr. *heuren.* El verbo *heuriskô* no significa aquí «encontrar», sino «buscar», y presupone que Jesús tiene conocimiento del párrafo e intención de encontrarlo. Cfr. Jn 1,41.43.45; Mc 1,36-37. El capítulo 61 del profeta Isaías que Jesús lee está ligado a las *parašot* [divisiones de la Torah en 54 capítulos] *Ki-tavo* y *Nizzabhim* (Dt 26-29), que se leen las semanas cincuenta y cincuenta y una del año, durante el verano. Cfr. S. Ben-Chorin, *op. cit.,* p. 81.

[6] Los rabinos no permitían que los textos sagrados, escritos en hebreo, se tradujeran al arameo [lengua que hablaba la gente]. Cfr. *Meg.* M. 4,4; *Šab.* B. 115a; E. Schürer, *op. cit.,* II, p. 587; C. Buzzeti, *La parola tradotta,* Morcelliana, Brecia 1973, p. 313.

El *Meturgeman* apenas ha terminado de traducir

«El Espíritu del Señor YHWH está sobre mí, porque YHWH me ha consagrado con la unción...»,

y ya hay animación en la sala. Expresiones de satisfacción y consenso se pueden leer en las caras de los presentes: ¡Es él! ¡No hay duda! ¡Es el Ungido, el Liberador!

«... para anunciar la buena noticia a los pobres...»

María está gozando.

Sí, exactamente así es como lo había anunciado el mensajero divino a los pastores (Lc 2,11): la misión del Ungido consiste en llevar la buena noticia a los pobres anunciándoles el fin de su miserable condición.

Inexplicablemente, Jesús se salta un versículo [«a vendar las heridas de los corazones rotos...»], y esta insolente audacia escandaliza bastante a los oyentes [7].

Pero ellos mismos se tranquilizan. Lo que cuenta de verdad es lo que sigue, y Jesús lo lee:

«... a proclamar la liberación a los cautivos...»

¡Bien! Entonces..., ¡es él! ¡Ya está cerca la revolución!

«... para devolver la libertad a los oprimidos, para proclamar un año de gracia de YHWH, y...»

¿Y...?

Jesús corta el versículo. Lo corta mal. No sigue.

¿Acaso es que no está de acuerdo con el profeta Isaías?

¿Por qué no continúa con la segunda parte: «... y el día del desquite de nuestro Dios...», que constituye una unidad inseparable con la primera, la del «año de gracia» (v. 2a)? Y eso que ésta

---

[7] Cfr. *San.* B. 99a; Nm 15,31.

es, tanto en el texto de Isaías como, sobre todo, en las expectativas belicosas de los nacionalistas nazarenos, la parte más deseada, la señal que se espera para empezar la batalla... [8]

Se hace un silencio expectante, cargado de tensión.

Los hombres están desconcertados, atónitos...

Pero la lectura ha terminado.

Jesús enrolla el volumen, lo entrega al *šammah* (sacristán) y se sienta, adoptando la actitud del maestro que está a punto de empezar su enseñanza.

La tensión sube.

Es intolerable realizar la lectura mutilando de ese modo el texto; resulta escandaloso, irreverente, blasfemo... ¡y es necesaria una explicación!

En medio de tal expectación, Jesús empieza la *derasah,* la interpretación del pasaje que se acaba de leer.

La afirmación con que empieza: «Hoy, aquí, delante de vosotros, se ha cumplido este pasaje de la Biblia», es clara: Jesús se aplica a sí mismo el texto de Isaías, declarándose públicamente el esperado Mesías liberador.

Él es el personaje que siglos antes había sido anunciado por el profeta Isaías y el encargado de realizar la misión descrita en la lectura.

La época del Mesías ha sido, pues, inaugurada.

Ha comenzado el tiempo del favor de Dios para con los hombres que él ama (Lc 2,14), favor que tendrá como efecto la liberación que ha sido proclamada.

Jesús continúa explicando el texto del profeta, insistiendo de modo particular en el versículo de la «gracia» (el año de gracia del Señor), acentuando y desarrollando el tema del amor de Dios para con todos.

---

[8] Cfr. L. Alonso Schökel y J. L. Sicre Díaz, *I Profeti,* Borla, Roma, 1984, p. 419; también, J. Jeremias, *Teologia del Nuovo Testamento,* Paideia, Brescia 1976, pp. 236-237.

La reacción de los presentes es, sin embargo, totalmente desfavorable:

«Todos estaban contra él, escandalizados por las palabras acerca de la gracia» [9].

María, perpleja, no comprende.

Se interroga a sí misma.

La gente, mientras tanto, incrédula y desconcertada al oír tales despropósitos de un hijo de aquella tierra, expresa su propia indignación con una insinuación llena de desprecio: «Pero ¿no es éste el hijo de José?» [10]

---

[9] *Martyreô:* atestiguar. El contexto indica si el testimonio es favorable o desfavorable. Para *martyreô* con dativo en el sentido de dar testimonio *contra,* cfr. Mt 23,31: «... así dais testimonio contra vosotros mismos...» Cfr. Lc 5, 14; 9,5; 21,13. *Thaumazô:* también puede tener un valor positivo: admirarse, o negativo: sentir espanto, estupor, sorpresa. Cfr. Lc 1,21; 9,43; 11,38; 20,26. Cfr. O. Spinetoli, *Luca,* Cittadella, Asís 1982, p. 183; también, J. Jeremias, *Teologia...,* op. cit., pp. 236-237. Cfr. G. Betram, art. *Thauma,* en GLNT (TWNT), IV, vol. 244.

[10] Esta pregunta no se refiere al trabajo de carpintero, al que no se alude en el Evangelio de Lucas (cfr. Mt 13,55; Mc 6,3), y tampoco a la filiación natural, de la que ninguno dudada: «... *y se pensaba* que era hijo de José...» (Lc 3,23). El asombro de los presentes significa, por tanto, que lo que Jesús dice no coincide con el pensamiento, conocido por todos, de José, nacionalista fanático, como otros muchos de aquella región montañosa de Galilea. En la cultura semítica, «hijo» no es sólo aquel que ha sido engendrado por el padre, sino el que acepta la tradición que le transmite el padre y se le parece en la manera de comportarse y de pensar (cfr. A. Chouraqui, *op. cit.,* p. 128). La falta de artículo (en griego) en la expresión «hijo de José» puede indicar que no se trata de una filiación física, sino del concepto «hijo/parecido» a José. (Los evangelistas omiten el artículo cuando se refieren a una categoría o clase.) En el Talmud, finalmente, se menciona a una misteriosa figura llamada «Mesías, hijo de José»: «Mesías, hijo de José, fue llevado a la muerte, como está escrito; me mirarán a mí, a quien han traspasado, y harán luto por mí, como se hace luto por la muerte del propio unigénito (Zac 2,10)» *(Sukk.* B. 51b). Es probable que la expresión «Pero ¿éste no es el hijo de José?» equivaliese a: «Pero ¿éste no es el Mesías?»; esto explicaría el asombro que provoca un Mesías que, en lugar de hablar de revolución, habla de gracia. G. Scholem distingue entre el Mesías de la casa de David y el de la casa de José: «El Mesías ben Josef es el Mesías-que-muere, el Mesías que perece arrastrado por la catástrofe mesiánica», mientras que el Mesías ben David es el triunfador. Cfr. G. Scholem, *Concetti fondamentali dell'ebraismo,* Marietti, Génova 1986, pp. 126-127.

Jesús, en efecto, no se parece a su padre.

Lo que está diciendo no corresponde a aquellos ideales nacionalistas y revolucionarios que José, hijo del belicoso Pantera, defendía, y que Jesús, como buen hijo, debería haber aprendido y asumido como suyos.

Éste no es un hijo de José...

Los nazarenos, que conocen bien la familia del Pantera, quedan sorprendidos de que Jesús no continúe la línea nacionalista de la familia y no se presente como el esperado Mesías exterminador de los odiados invasores romanos [11].

¿No afirmaba el mismo Isaías, inspirado por Dios, que los paganos serían sometidos y hechos esclavos de Israel? (Is 61,5). ¿A qué vienen ahora estas palabras de misericordia y perdón incluso para con los enemigos?

La desilusión, que ha caldeado el ambiente, se convierte en una explosión de rabia cuando Jesús, en lugar de intentar explicarse y de calmar los ánimos, insiste: «Esto que está sucediendo aquí, en Nazaret —dice—, no es más que un ejemplo de lo que ocurre a cualquier enviado de Dios. Israel es un pueblo testarudo [12] que siempre rechaza a los profetas»; y, por eso, lo rechaza ahora a él.

Y el golpe final: Jesús, citando a los profetas Elías y Eliseo (1 Re 17,9; 2 Re 5,9), anuncia que, por culpa de esta actitud obstinada de Israel, que no acepta el mensaje de Dios, la benevolencia de YHWH se dirigirá a los paganos de ahora en adelante...

¡Es demasiado!

Ha dicho lo que no debía decir.

María está trastornada.

«Al oír estas cosas, todos los que había en la sinagoga se llenaron de rabia, se levantaron (¡sin esperar a la bendición final!) y, como saludo, en lugar de *šabat šalom* ('paz para el sábado'), lo

---

[11] La primera tarea que tiene que realizar el Mesías consiste en destruir a las naciones que están pisando a la Jerusalén Santa, y castigar a todos los impíos. Cfr. *Sal. Salom.* 17,25-27. Cfr. también P. Grelot, *La speranza ebraica al tempo di Gesù*, Borla, Roma 1981, p. 95; E. Schürer, *op. cit.*, II, pp. 678ss; *Henoc*, XC, 19; Filón, *De Praemiis et Poenis*, 16(95); *Apoc. Baruc*, 72,6; Orígenes, *op. cit.*, II, 8.

[12] Cfr. Dt 9,13; Is 66,9; Jr 5,21; Ez 2,3ss; 12,2.

echaron fuera del pueblo y lo llevaron hasta un barranco del monte en el que estaba situado el pueblo con la intención de despeñarlo por el precipicio» (Lc 4,29-30) [13]. Sentían, haciendo esto, que contaban con la aprobación del profeta Ezequiel, que había dicho:

«¡La mano del Señor actuará contra los profetas que anuncian embustes, que engañan al pueblo hablando de paz cuando no hay paz!» (Ez 13,8ss).

¡Pobre María!

La esperanza que tenía puesta en la primera predicación de su hijo en el pueblo ha terminado en un solemne fracaso.

Jesús se va.

Ya no volverá más a Nazaret.

Ni una palabra, ni una mirada para su madre.

María se queda sola con su turbación: «También a ti, una espada te traspasará el alma...» (Lc 2,35); el antiguo, infamante, mortífero [14] rumor —que el tiempo parecía haber borrado: «un bastardo de una adúltera...» [15]— vuelve a pesar sobre ella con fuerza y vigor nuevos: «¿No es el hijo de José...?» [16]

---

[13] Los lugares «sagrados» son los que resultan más peligrosos para Jesús. Por tres veces intenta enseñar en las sinagogas: la primera lo interrumpen de mala manera (Mt 1,21), la segunda y la tercera deciden e intentan asesinarlo (Mt 3,1; Lc 4,16-30). La zona de máximo peligro para Jesús es siempre el Templo. La «Casa de Dios» es el lugar más peligroso para el Hijo: de las doce veces que aparece en Juan el verbo «matar» *(apokteinô)*, seis veces se encuentra en el Templo: 7,19.20.25; 8,22.37.40. Y de las ocho veces que Juan usa el verbo «arrestar» *(piazô)*, cuatro son en el Templo: 7,30.32.33; 8,20. Cfr. J. Mateos y J. Barreto, *El Evangelio de Juan. Análisis lingüístico y comentario exegético*, Cristiandad, Madrid 1979, pp. 399-400.

[14] El Talmud considera que avergonzar a una persona en público es una falta tan grave como el derramamiento de sangre, porque, en ambos casos, «el rostro de la víctima pierde el color sonrosado y se pone blanco» *(B. M.* B. 58b). Además, la moral hebrea distingue entre las *onaat debarim* (daños producidos con palabras) y *onaat mamon* (daños materiales) y considera las ofensas del primer tipo más graves que los daños materiales. Cfr. I. Epstein, *op. cit.*, pp. 127-128.

[15] *Yeb.* M. 4,13; B. 49a. Cfr. *Tol. Man. Strasb.*, 2.

[16] Lc 4,22. En Mc, sin embargo, la perplejidad y la duda se expresan así: «¿No es éste el carpintero, el hijo de María...?» (Mc 6,3), quizá para indicar que el padre de Jesús es «desconocido». «¡Este carpintero, de quien no se conoce ni siquiera el padre!» (R. Laurentin, *op. cit.*, p. 538).

La mesa que María había preparado para la comida festiva del sábado queda sin comensales; y la lámpara, encendida la tarde anterior para que ardiera durante todo el día, proyecta siniestras sombras sobre el silencio de la casa. El perfume de las hierbas aromáticas no basta para confortarla [17].

[17] La última ceremonia prevista al final del sábado es oler hierbas aromáticas y especias en señal de consuelo para el espíritu entristecido porque termina el día de fiesta. Cfr. I. Epstein, *op. cit.*, p. 148.

TERCERA PARTE

MAS ALLA DE TODA ESPERANZA

«Creyó esperando cuando no había esperanza...»

(Rom 4,18)

LA BANDA DE MALHECHORES

> *«... reuniendo a su alrededor unos diez hombres de mala fama..., de vida viciosa, anduvo vagabundeando de un lado para otro»* (*Contra Celsum*, I, 62).

Al marcharse Jesús definitivamente de Nazaret, parece que se calman las aguas y María recobra un poco de tranquilidad.

En el pueblo, durante algún tiempo, el tema central de las discusiones que se desarrollan en las casas vuelve a ser el odiado enemigo: los romanos, que hace ya sesenta años que invadieron y profanaron la sagrada tierra [1], y el César, « ¡ojalá se borre hasta su nombre! » y «sean triturados sus huesos» [2]. Fuera, en la plaza, hay que ser prudentes al hablar. Nazaret, uno de los puntos más «calientes» de toda Galilea, está lleno de chivatos de los romanos; es necesario tener mucho cuidado con lo que se dice si no se quiere terminar remando en un barco por el resto de la vida.

Fuera, la gente se queja del «cerdo» [3] que destroza la viña de

---

[1] Pompeyo invadió y conquistó la tierra de Israel en el 63 a. C.

[2] Imprecación con la que los hebreos acompañaban el nombre del emperador. Cfr. *Ber. r.* 10,3; 13,9.

[3] El salmo 80 habla en el v. 14 de la viña (Israel) devastada por el cerdo salvaje. Este animal, considerado impuro (Lv 11,7), sirvió para simbolizar la potencia que en cada momento sojuzgaba a Israel. En el tiempo al que se refiere nuestro estudio simbolizaba al Imperio romano (la legión X, *Fretensis*, que ocupaba Palestina, lleva su efigie en su enseña). «'El jabalí sale del bosque para devastarlo' se refiere al Imperio romano» (*Abot de R. Natan*, 34). Cfr. M. Delcor, *Studi sull'apocalittica*, Studi Bibl. 77, Paideia, Brescia 1987, pp. 278-281.

Israel, ¡maldito sea!, o se invoca la justicia divina contra los «pecadores» [4].

Pero estas discusiones no duran mucho.

El orgullo de los nazarenos parece que ha sido herido más por la traición de aquel «hijo de una prostituta» [5] que por la opresión romana; y el principal tema de conversación vuelve a ser lo que aquel «fanfarrón» [6] dice o hace, vagando de un lado para otro por toda Galilea.

En efecto, desde hace algún tiempo, los «rumores», los «comentarios», los chismes que refieren los viajeros que pasan por Nazaret, se centran siempre en lo que aquel hijo degenerado de este pueblo va armando por toda la región.

Algunos dicen que ya no está solo, sino que parece que se le han unido algunos desesperados, «gente infame» [7]; al verlos ir de un lado a otro mendigando vergonzosamente un pedazo de pan [8], parecería que se trata más de una banda de ladronzuelos que —como parece que pretende Jesús— un... profeta con sus discípulos. Naturalmente, en su grupo no hay ni un solo fariseo, ni un *ṣaddiq* [9], son casi todos ingenuos *ʿam ha-ʾâreṣ* [10]: los ignorantes que Jesús ha conseguido reunir de aquí y allá, enredándolos con la pro-

[4] «Pecadores», otra manera habitual de referirse a los romanos. Cfr. *Sal. Salom.*, 1-2.

[5] «Hic est ille, dicam, fabri aut quastuariae filius». Esta acusación se encuentra ya, en el año 197, en Tertuliano, *Libellus de spectaculis*, XXX, 6. «Jesús ha dicho: quien conoce a su padre o a su madre, ¿cómo podrá llamarlo hijo de prostituta?» *(Evang. copto de Tomás*, 105).

[6] Orígenes, *op. cit.*, II, 31.

[7] *Ibidem*, I, 63. A los ojos de la sociedad hebrea, los discípulos de Jesús son reos de un delito de tal gravedad que puede provocar la ruptura de los más estrechos vínculos familiares: «Un hermano entregará a la muerte a su propio hermano, y un padre a su hijo; los hijos se rebelarán contra los padres y los harán morir...» (Mc 13,12). Cfr. J. Mateos, *Marcos 13*, op. cit., pp. 268-270.

[8] Jesús va «mendigando sórdidamente... y vaga extenuado sin rumbo...» (Orígenes, *op. cit.*, I, 61 y 65).

[9] Véase p. 57, nota 35.

[10] *ʿAm ha-ʾâreṣ:* véanse las pp. 27-34 para poder comprender la obra revolucionaria de Jesús, que, conscientemente, elige como discípulos suyos a personas pertenecientes a este estrato social, considerados como los parias de Israel. Para Celso, Jesús «va buscando estúpidos» y «campesinos subnormales». Cfr. Orígenes, *op. cit.*, III, 74 y 75; S. Ben-Chorin, *op. cit.*, p. 89.

mesa de que, si lo siguen, pronto se sentarán con él en doce tronos... ¡para juzgar a las doce tribus de Israel! (Mt 19,28).

Corre el rumor de que en su grupo hay incluso un impuro: un tal Leví (Mt 3,14), un renegado, traidor a Israel, que recauda los gravosos impuestos exigidos por los odiados romanos [11]; ése pertenece a la maldita categoría de personas que, como los pastores, no pueden —aunque quieran— hacer penitencia, ser perdonados y obtener la salvación [12].

Otros dicen que también se le ha unido un terrorista (o ex terrorista), un cierto Simón, llamado «el fanático» [13]; hay con él otro Simón, al que todos llaman «Cabeza dura» [14], y dos hermanos muy ambiciosos, tan violentos como fanáticos: Santiago y Juan,

---

[11] «No se debe cambiar dinero en la caja de los publicanos o de la bolsa de los recaudadores, y no se debe aceptar su limosna...» *(B. Q.* M. 10,1). Se considera pecado mortal que un hebreo se someta a los romanos y reconozca su autoridad. Cfr. I. Epstein, *op. cit.*, p. 92.

[12] «Resulta difícil que los pastores, los recaudadores de impuestos y los publicanos hagan penitencia» *(B. Q.* B. 94b bar.), puesto que no pueden reparar todos los daños que han causado *(Tos. B. Q.*, 10,14), y su conversión es imposible *(Tos. B. M.* 8,26; *B. Q.* B. 94b). Cfr. Lc 3,12-13; 18,9-14; 19, 1,10. Clasificados dentro de la misma categoría de personas que los ladrones, los recaudadores son considerados transgresores de todos y cada uno de los mandamientos de la Ley de Dios. Es opinión común que su impureza se transmite también a los instrumentos de trabajo *(Kel.* B. 15,4) y a las casas a las que entran: «Si los recaudadores de impuestos [publicanos] entran en una casa, ésta queda impura» *(Toh.* M. 7,6; *Hag.* M. 3,6). Está prohibido cambiarles dinero a ellos *(B. Q.* M. 10,1). El recaudador está excluido del estatuto de *haber* (miembro de una confraternidad) y privado de la consideración de persona de fiar *(Tos. Dem.* 3,4; *Bek.* B. 31a). Cfr. O. C. Michel, art. *telônes*, en GLNT (TWNT), XIII, 1055-1104.

[13] Cfr. Mc 3,18. Simón el Fanático (zelota) (gr. *Kananáios)*, que no se debe confundir con *khananaios. Kananáios*, transcripción de *kana'n*, equivalente arameo del griego *zelotes*, usado por Lc 6,15, signifca «el ferviente/el fanático». Cfr. J. Mateos, *Los «doce» y otros seguidores de Jesús en el Evangelio de Marcos*, Ed. Cristiandad, Madrid 1982, n. 644, p. 240.

[14] «Cabeza dura». El término *petros*, como su correspondiente arameo *kepha* (Jn 1,42), no es un nombre propio, sino común. Significa «piedra» móvil, de un tamaño que permite cogerla y lanzarla (cfr. 2 Mac 1,16; 4,41). Este sobrenombre, por tanto, alude a las propiedades de la piedra, entre las que la más obvia es la dureza. En el relato evangélico se ve que Simón está tan aferrado a sus ideas mesiánicas, que opone una resistencia continua a la doctrina de Jesús (cfr. Mc 8,29ss; 10,28; 14,29-31). Cfr. J. Mateos, *Los «doce»...*, op. cit., pp. 219-235.

hijos de Zebedeo, a los que Jesús ha dado el nombre de «los Rayos» [15] por su afición a reducir a cenizas a quienes se atreven a obstaculizarlos (Lc 9,51-55; cfr. Mc 3,17).

Y esto no es todo.

Dicen que desde hace poco —¡esto ya es el colmo!— ciertas... mujeres [16] se han agregado al grupo y mantienen a toda la banda.

¡Esto es demasiado!

Pero ¿cómo se atreve Jesús a presentarse como profeta, cómo puede pretender que alguien le crea, si se deja ver acompañado de cierta clase de gente? ¿No tienen razón quienes lo acusan de ser un «seductor de mujeres»? [17]

Ya se sabe que los rabinos no aparecen en público ni con su propia esposa; más aún: si se encuentran con ella por la calle, ni siquiera la saludan [18]; y además, ¿no es una regla de oro que los maestros religiosos no deben tratarse con las sucias e infectas mujeres? [19]

---

[15] Literalmente, «Hijos del trueno». Cfr. J. Mateos, *Los «doce»...*, op. cit., pp. 235-237. «... su orgullo y su impetuoso celo religioso hacen de ellos *salteadores;* así se podría traducir con más precisión la expresión *beneregis,* de la que se derivaría *Boanerges»* (R. Pesch, *Il Vangelo di Marco,* Paideia, Brescia 1980, I, p. 336).

[16] La lengua hebrea no tiene ninguna palabra para decir «discípula»; sólo existe discípulo, en masculino. Juan Bautista desarrolló su actividad solamente para y con varones. Cfr. Lc 3,7-12. Véanse las dificultades del apóstol Pablo para poder llevar una compañera en sus viajes, según 1 Cor 9,5. Las dificultades que encuentra por parte de la Iglesia para continuar la acción liberadora de Jesús a favor de la mujer quedan reflejadas brillantemente en los *apócrifos,* en los que aparece la rivalidad entre Pedro (¿Iglesia jerárquica?) y la Magdalena (¿las mujeres?). María teme las amenazas de Pedro, «que odia el sexo femenino»; y Pedro, envidioso: «Pero ¿por qué la escuchamos? ¿Es, quizá, más importante que nosotros?», se queja de ella al Señor: «¡No la soportamos más! ¡Siempre está hablando ella...! Señor, haz que las mujeres dejen ya de preguntar para que nosotros podamos plantear alguna cuestión», y pide que sea expulsada: «¡María debe alejarse de nosotros! ¡Porque las mujeres no son dignas de la vida!» Cfr. *Evangelio de María* (siglo II, Pap. Rylands); *Pistis Sophia,* I, 36,1; II, 72,6; III, 146,1; *Evang. de Tom.,* 114.

[17] Cfr. Lc 23,2, según la versión de Marción. Véase M. Adinolfi, *op. cit.,* p. 174.

[18] «Un discípulo de los sabios no debe hablar por la calle con ninguna mujer..., ni aunque sea su mujer, o su hija, o su hermana...» *(Ber.* B. 43b; *Ber. r.* 18,1).

[19] «Quien habla demasiado con una mujer, atrae sobre sí mismo la des-

Se sabe incluso el nombre de alguna de estas desvergonzadas, y de alguna, también la... profesión. La famosa María, de Magdala, la de los siete demonios; está también una señora rica, de la alta sociedad, que, quizá aburrida, se busca ella misma los demonios: se trata de Juana, quien, para seguir al nuevo profeta, ha abandonado a Cuza, su marido, el poderoso *factotum* de Herodes Antipas; y Susana, y tantas otras, «que lo habían seguido desde Galilea...» (cfr. Lc 8,1-3; 23,49.55).

Son incontables las habladurías, los chismes que circulan acerca de este increíble grupito. Se dice también que, en un banquete, Jesús permitió que le diera un largo «masaje» y que lo perfumara «una de aquellas» (cfr. Lc 7,36ss); que dejó que lo tocara una desconocida que tenía una fea enfermedad venérea (Mc 5,25-30). Hay quien jura haber oído a una cierta Salomé reivindicar su derecho a ser también ella discípula de Jesús, con estas precisas palabras: «Te has acostado en mi lecho y has comido en mi mesa...» [20], y quien está seguro de que ha tomado a la Magdalena como «amiga» [21]: «[Jesús] amaba a María más que a todos los demás discípulos, y muchas veces la besó en la boca» [22], desencadenando la envidia y la protesta de las otras mujeres [23].

¡Pobre Jesús! Pretende presentarse como un maestro del espíritu y, en realidad, es conocido por la gente como un «tragón y un bebedor», por lo fácil que es encontrarlo en almuerzos y cenas [24] y, además, por ser «compañero de renegados y de gente de pésima reputación» (Mt 11,19), de quienes habitualmente se rodea. Pre-

---

gracia, abandona la palabra de la Torah ¡y termina en la Gehenna!» *(P. Ab.* 1,5).

[20] *Evang. de Tom.,* 61.

[21] Amante, gr. *koinonos,* lit. consorte, compañera (cfr. Mal 2,14 LXX). *Evangelio de Felipe* (¿apócr. siglo II-III?), 32.55.

[22] *Evang. de Fel.,* 55.

[23] *Ibidem.* Cfr. *Evang. de María,* 8: «Sabemos que el Salvador te amaba más que a las otras mujeres».

[24] Cfr. Mc 1,30-31; 2,15ss; Lc 7,36ss; 10,38ss; 11,37ss; 14,1ss. El Talmud advierte severamente a los rabinos que no participen en fiestas, porque quien lo haga «acabará por destruir su familia, dejará viuda a su mujer, huérfanos a los hijos... y se hará acreedor de una mala reputación...» *(Pes. B.* 49a).

tende ser portavoz de Dios y la gente lo considera sólo como un «malvado encantador aborrecido por Dios» [25] y su grupo es considerado como una «banda de fulleros» [26].

Hay que decir también que su predicación es decepcionante.

¡Juan sí que predicaba bien!

La gente recuerda todavía los escalofríos que provocaba cuando les gritaba en su propia cara que eran una «raza de víboras» dignas sólo de terminar en el «fuego inextinguible»; y anunciaba, con ademanes trágicos y solemnes, la ira inminente, ¡el castigo de Dios! (cfr. Lc 3,7-9.17; Mt 3,12).

Jesús, al contrario, tiene una manera de predicar muy particular, nunca vista (Mc 1,22-27). Tiene un modo muy personal de hablar de Dios, casi de broma. ¡Un escándalo para la gente bien! Se permite presentar al Dios de majestad, que «está por encima de toda alabanza» [27], lejos del hombre, «a una distancia que correspondería a un viaje de treinta mil quinientos años» [28]; como un Padre al alcance de todos, ¡hasta de los pecadores y de los paganos! Un Dios al que es posible dirigirse directamente (Mt 6,9), sin necesidad de más mediaciones de sacerdotes o de ritos [29], y que, por tanto, ¡no es ya la propiedad privada y exclusiva de los santos y de los piadosos de Israel! [30] Jesús enseña todas estas cosas con «historietas jocosas» y humorísticas [31], con relatos populares que llegan a todos y no con complicados razonamientos teológicos. Se divierte presentando a Dios con ejemplos típicos de la vida cotidiana; ejemplos que escandalizan los oídos piadosos de quienes te-

---

[25] «Encantador»: gr. *goês*, lit. mago, hechicero, encantador, enredador. El que obra prodigios con la ayuda de los demonios e induce a otras personas a realizar acciones impías. Orígenes, *op. cit.*, I, 71. Cfr. 2 Tim 3,13. En la moral hebrea se contempla el delito *genebat da'at* (ruina de la mente [del prójimo]), que consiste en una falsa presentación de la verdad. Cfr. I. Epstein, *op. cit.*, p. 128.

[26] Orígenes, *op. cit.*, II, 58.

[27] *Mek. Ex.* 25,1, 118.

[28] *Midraš Sal.* 104,1; 217a; *Hag.* B. 13a.

[29] «La oración del hombre es escuchada [por Dios] solamente en la sinagoga» (*Ber.* B. 6a).

[30] *Mek. Ex.* 1,1.

[31] W. Trilling, *L'annuncio di Gesù*, Paideia, Brescia 1986, p. 47.

men a Dios, habituados a imaginar y a describir a Dios sólo con el lenguaje más solemne y religioso posible. Él, por el contrario, lo compara una vez con un juez injusto (Lc 18,1-8) y otra con un hombre cargado de hijos, al que un amigo molesta en plena noche (Lc 11,5-7). Y ha llegado al punto de compararlo ¡con una mujer atolondrada! (Lc 15,8-10). Y para hablar del Reino de Dios, Jesús no ha encontrado comparación mejor que la de ¡un banquete nupcial! (Mt 22,2). Precisamente la única fiesta en la que (si se excluyen las fiestas religiosas) participa todo el mundo. Una fiesta que acaba siempre entre borracheras y vulgaridades de todo tipo. Una audacia sin precedentes en el mundo circundante [32], que no hace otra cosa que aumentar las sospechas sobre este Jesús de Nazaret.

El mismo Juan, desde la prisión, le manifiesta su desconcierto, amenazándole con no reconocerlo como el Esperado: «¿Eres tú el que tiene que venir o esperamos a otro?» (Mt 11,3).

Gente que había visto en él a un reformador religioso y que le había otorgado su confianza y dado su adhesión empiezan ahora a cambiar de opinión y a dudar de la persona y de los hechos del hombre de Nazaret. «¿De dónde le vienen todas estas cosas?» (Mt 13,56), empiezan a preguntarse. Y parece que dentro de su mismo grupo hay alguno que empieza a plantearse esta cuestión: «¿Quién es, entonces, éste?» (Lc 8,25), desconcertado por las crecientes pretensiones del galileo. Para alguno, si hubiera que hacer caso a voces contradictorias, sería un muerto resucitado (¿el Bautista?); para otros, el profeta Elías, llovido del cielo (2 Re 2,11), o Jeremías (2 Mac 15,13-16; Mt 16,13-14).

Pero Jesús no tiene bastante con todo esto. Ya sin freno alguno, declara abiertamente ¡ser más grande que el rey Salomón! (Mt 12,42), y acepta ser reconocido como el Mesías esperado de Israel (Mt 16,16-17).

¿Se le habrá ido la cabeza?

---

[32] *Ibidem*, p. 48.

EL MESIAS LOCO

«Está loco de atar. ¿Por qué seguís escuchándolo?» (Jn 10,20).

María intenta discernir.

Sabe que a la gente le gusta exagerar los hechos y que, al contarlos, cada uno añade algo de su propia cosecha; como suele decirse, las noticias las llevan «los pájaros del cielo», es decir, son incontrolables y, a menudo, carecen de fundamento [1].

Pero...

María ha sabido por algunas personas serias, de confianza, ciertos hechos inquietantes que empiezan a preocuparle bastante.

Le han contado que un día Jesús se encontró a un leproso [2], y, en lugar de alejarse de él, como manda la santa Ley de Dios (Lv 13,45-46), lo tocó.

¡Y el leproso quedó sano! (cfr. Mc 1,40-44).

Pero... ¿por qué lo tocó?

¿No pudo curarlo con la oración, como hizo Moisés con su hermana Miryam (cfr. Nm 12,13), o con una bendición? El profeta Eliseo —ése sí que era un hombre de Dios—, a pesar de las amenazas, observó la Ley y se negó a curar a Naamán, poderoso jefe del ejército del rey de Siria, imponiéndole las manos en la parte enferma; y lo curó sencillamente mandándole sumergirse siete veces en el río Jordán (2 Re 5,1-14).

---

[1] Cfr. R. Aron, *Gli anni...*, op. cit., p. 48.

[2] El leproso se incluye en la categoría de personas consideradas como muertas y, por tanto, impuras. Cfr. *Ned.* B. 64.

La palabra de Dios, que Moisés dejó escrita en el libro del Levítico, prohíbe, en efecto, no sólo tocar, sino incluso acercarse a un leproso (Lv 13-14; cfr. Lam 4,15).

Jesús ha transgredido este precepto.

¡Ha transgredido la Palabra de Dios!

¿Por qué lo ha hecho?

Si pretende presentarse como enviado de YHWH, ¿por qué no empieza por observar la Ley?

Ahora Jesús también está contaminado [3] y, en consecuencia, no puede entrar públicamente en ninguna ciudad (Mc 1,45; cfr. Lv 13,45-46) [4]. Debe hacerlo a escondidas, como un bandido... ¡Es impuro!

¡El consagrado por Dios, impuro!

Impureza que se añade a las que ya ha contraído Jesús admitiendo en su grupo al impuro Leví y a aquellas mujeres.

Entre tanto, desde Cafarnaún llega a María una noticia que resulta inverosímil: ¡Jesús reivindica para sí el poder de perdonar los pecados! (Mc 2).

¡Absurdo!

¿Será verdad, como muchos mantienen abiertamente, que se le ha ido la cabeza?

Los teólogos oficiales [5] del lugar, presentes en el episodio, no

---

[3] Desde el punto de vista legal, Jesús, por su contacto físico con el leproso, ha quedado «infectado», impuro. El que es impuro no puede tener ningún contacto con Dios.

[4] El castigo previsto para los leprosos que se atreven a acercarse a Jerusalén consiste en cuarenta latigazos. Cfr. *Tos. Kel.* 1,8s.

[5] *Teólogos oficiales.* Traduzco así el término griego *grammateôn* (lit. «letrados»), del hebreo *soferim,* que suele ser traducido con el término *escribas,* versión que no hace justicia al significado del término, reduciéndolo a la tarea —considerada, por lo demás, sagrada— de hacer copias de los textos de la Escritura. El significado del término hebreo es el de «Predicador de la Torah», «Rabino», «Teólogo oficial», «Canciller»: en cuanto guardián del texto sagrado, el *sofer* es quien posee la competencia y la autoridad jurídica para explicar, interpretar y aplicar el derecho. Ordenado *sofer* a la edad de cuarenta años, después de un largo e intenso período de preparación y de estudios, recibe, con la ordenación, el espíritu de Moisés (Nm 11,16ss) y, en adelante, se le considera como sucesor directo de los profetas y conocedor de la voluntad divina. La autoridad del *sofer* es ilimitada, pues goza del don de la infalibilidad y su sentencia se considera intocable, superior incluso a las de

han tardado en acusarlo de blasfemo: «¿Quién puede perdonar los pecados, más que Dios sólo?»[6] Advertidos de inmediato, se dejan caer desde Jerusalén los teólogos de la capital. Como rayos, emiten su sentencia inapelable: Jesús está poseído por un espíritu inmundo (Mc 3,30).

Y además, el magisterio infalible del Santo Templo decreta: que la gente esté en guardia ante aquel extraño predicador ambulante, pues se trata de un brujo. Nada de lo que hace y dice procede del Santo —bendito sea—, sino del más repugnante de los millones de demonios que infestan Israel: ¡Belcebú, el «Señor de las moscas», el «Rey de las inmundicias»! (Mc 3,22), dueño de las enfermedades[7]; por eso, aunque Jesús cura a la gente, lo hace únicamente para enredarla, una vez que la ha deslumbrado con facilidad gracias a sus poderes mágicos[8].

Pero lo que más alarma a María es la última noticia, recién lle-

---

la Biblia misma: «Una *bat qol* [voz celestial] había declarado: todas las palabras de los escribas son palabras del Dios vivo...» *(Ber.* M. 1,3). «Las decisiones y las palabras de los escribas son superiores a la Torah» *(Ber.* M. 1,3). «Enseñar contra las órdenes de los escribas es una culpa mayor que enseñar contra la Torah...» *(San.* M. 11,3; cfr. 10,3). Por todo esto, gozan de un enorme prestigio ante la gente: ¡más aún que el Sumo Sacerdote y que el mismísimo rey! Cfr. J. Jeremias, art. *grammateus,* en GLNT (TWNT), II, cols. 599-604; *Jerusalén...,* op. cit., pp. 252 y 258-260; E. Schürer, *op. cit.,* II, pp. 426ss y 509; C. Perrot, *Gesù e la storia,* Borla, Roma 1981, pp. 139-140; S. Ben-Chorin, *op. cit.,* pp. 34-41; R. Mezer, art. *pharisaios,* en GLNT (TWNT), XIV, 885-888.

[6] Sólo Dios puede perdonar los pecados. En ningún escrito de la época se encuentra afirmación alguna en relación con el poder del Mesías para perdonar los pecados. Cfr. H. V. y A. T., art. *aphiemi,* en DCB, p. 1274.

[7] Cfr. R. Aron, *Gli anni...,* op. cit., p. 38.

[8] La acusación de ejercer la magia, presente ya en los evangelios (Mc 6,2), está abundantemente documentada en los apócrifos, en los escritos patrísticos y en la literatura judía. Jerónimo: «'Mago' es otro de los nombres que los judíos pusieron al Señor...» *(Ep. XLV, ad Asellam,* 6: PL 30; cfr. *Ep. XIV, ad Eliodoro).* Orígenes: «... trabajó con sus manos en Egipto y, después de haberse ejercitado en algunas artes mágicas, volvió a su patria y allí se proclamó a sí mismo Dios» *(op. cit.,* I, 6,38). Justino: «Se aventuran a decir que era un mago y que engañaba al pueblo» *(Dialogus...,* 69). Cfr. las *Toledot:* «Este hombre conoce las artes mágicas e induce a error a la gente» *(Gr. Elena, man. strasb.* 4). Véanse *Mem. Nicod.,* 1,1; 2,5; Tertuliano, *Libellus de spectaculis,* 30; J. Maier y P. Schafer, *Piccola Enciclopedia dell'Ebraismo,* Marietti, Turín 1985, p. 250.

gada de Cafarnaún: parece que se ha urdido un complot ¡para asesinar a Jesús! En efecto, se dice que los del partido de Herodes [9], en unión de los piadosos fariseos [10], han decidido quitarlo de enmedio (Mc 3,6).

Parece que tomaron la decisión después de que Jesús violara, voluntaria y públicamente, el mandamiento del sábado. Y esta increíble transgresión la cometió precisamente ¡dentro de la sinagoga! (Mc 3,1ss).

Pero ¿quién es este Jesús para permitirse violar el mandamiento de los mandamientos, el más sagrado de todos, el que, hasta el Santo —bendito sea—, observa junto con sus ángeles en el cielo?

«El Creador no trabaja... ¡observa el sábado!» [11]

---

[9] Herodianos: los partidarios de que Herodes sea rey (véase el capítulo sobre Herodes, pp. 85-91). Por su estilo de vida «a la griega», son considerados impuros e inmorales. Por todos estos motivos, son enemigos declarados de los piadosos fariseos, que consideran que el Reino de Dios se retrasa por culpa de quienes viven como aquéllos.

[10] Fariseos: gr. *pharisaios,* del arameo *pris* = «apartado», «separado», «distinto». Son laicos piadosos que se comprometen a practicar en su vida cotidiana la pureza y la santidad que la Torah exige a los sacerdotes durante el período en el que prestan servicio en el santuario (cfr. Lv 9,10.21; 22,1-9). Una vida tan rigurosa tiene como objetivo el formar la verdadera y única «comunidad santa» de Israel y acelerar la venida del Reino de Dios. Sus preocupaciones principales son:

— Cumplir los seiscientos trece preceptos contenidos —según el cómputo que ellos hacen— en la Torah (248 mandatos positivos y 365 prohibiciones). Cfr. *Ber. r.* 24,5; *Makk.* B. 23b.

— Estar seguros de que, de todos los alimentos que comen, se haya pagado el diezmo (Dt 14,22-29; cfr. el tratado *Ma'aserot).*

— Mantenerse puros, evitando el contacto de cosas y personas que los puedan llevar a la impureza y el trato con todos aquellos que no observan la Ley como ellos (cfr. *Ṭohorot).*

— Observancia minuciosa del descanso sabático, escrupulosamente atentos a no realizar ninguno de los 39 trabajos prohibidos (cfr. *Šabbat).* Véanse Flavio Josefo, *Ant.,* XIII, 16,2; *Bell.,* I, 5,2; II, 8.14.9; J. Jeremias, *Jerusalén...,* op. cit., pp. 266ss y 278; *Ber.* Y. 14b; *Sot.* B. 22b; R. Meyer, art. *pharisaios,* en GLNT (TWNT), XIV, col. 869; D. Müller, art. *pharisaios,* en DCB, p. 617; C. Perrot, *op. cit.,* p. 93; E. Schürer, *op. cit.,* II, pp. 507-524.

[11] *Mek. Ex.* 11. «En este día, nosotros [los ángeles] descansamos...» (Jub. 2,30). «Y a todos los *angeli faciei* y a todos los ángeles de la santidad, a estas dos grandes familias, él [Dios] nos dijo que celebrásemos el sábado con él, en el cielo y en la tierra» (Jub. 2,18).

¡Transgredir el precepto del descanso del sábado equivale a despreciar y transgredir toda la Ley! [12]

El Santo —bendito sea— estableció, por boca de su siervo Moisés, la pena de muerte para quien osara transgredir este mandamiento: «El que trabaje en sábado es reo de muerte» (Éx 31, 14-15; 35,2; Nm 15,32-36) [13], y entre lo que está prohibido expresamente se encuentra: «... no se compondrá una fractura. Quien se ha torcido un pie o una mano, no podrá echarse agua fría» [14]; está prohibido no sólo curar enfermos, sino incluso ir a visitarlos y rezar por ellos [15].

Entonces, ¿por qué Jesús ha curado al hombre del brazo paralítico precisamente en sábado y, además, públicamente, en una sinagoga?

La respuesta —que María no puede comprender y que, aunque la comprendiera, jamás podría aceptar— es que Jesús hace lo que la Ley prohíbe y no hace lo que es obligatorio.

No sólo no respeta la Ley que dio el mismo Dios e invita a no hacer caso de ella, sino que llega a decir incluso ¡que muchas prescripciones son erróneas y, por tanto, no hay que observarlas! Se atreve a decir ¡que ciertas leyes las ha dado Moisés, no Dios!, y ¡que Moisés, *Rabbenu (Nuestro* Maestro) se equivocó! [16] Sostiene también que el libro del Levítico afirma algo falso al establecer toda aquella serie de subdivisiones entre animales puros e impu-

---

[12] «... al que profana el sábado se le debe llevar a juicio público, como un renegado de la religión hebrea, como a un apóstata» (E. S. Artom, *op. cit.*, p. 95).

[13] *Sifr. Lev.* 12, 3.58c.

[14] *Šab.* M. 22,5.

[15] R. Simeón b. Elazar: «En sábado no se puede rezar por un enfermo» (*Šab.* B. 12a-b; *Tos. Šab.* 17,22).

[16] «Quien afirma que la Torah, aunque sólo sea en un texto, no procede del cielo, y que fue Moisés y no Dios quien la dio..., sea exterminado...» (*San.* B. 99a; cfr. *Ber.* B. 5a). Celso presenta esta cuestión con ironía: «¿Cómo es posible que Jesús dicte leyes opuestas [a las de Moisés]?... ¿Quién miente? ¿Moisés o Jesús?... ¿O es que quizá el Padre, cuando mandaba algo a este último, se había... olvidado de todo lo que había ordenado a Moisés?...» (Orígenes, *op. cit.*, VII, 18). Es necesario tener presente que Moisés era venerado no tanto como profeta o liberador de su pueblo cuanto como «EL» Maestro de Israel.

ros, entre los que se pueden y los que no se pueden comer (Lv 11). Jesús afirma que ¡«ningún alimento que entre en el hombre puede contaminarlo»! En abierta contradicción con la Palabra de Dios y con todo el ordenamiento religioso, ¡se atreve a declarar puros todos los alimentos! (cfr. Mc 7,15-23).

¡Todo se puede comer!

«¿No tenemos razón cuando decimos que eres un hereje y un loco?» (Jn 8,48) [17].

Un presuntuoso, que pretende enseñar «sin haber estudiado» (Jn 7,14), se atreve a decir ¡que la Biblia se ha equivocado!

Es una locura.

Ésta es la conclusión a la que han llegado los familiares de Jesús.

Está chalado.

Ya no hay duda. La gente y los altos dirigentes religiosos dicen todavía más: que es un enredador (Jn 7,13), un blasfemo (Mt 9,3), un endemoniado (Mc 3,30), un «gran embustero», un «fanfarrón» [18]; pero, en Nazaret, la conclusión a la que llegan sus familiares (que lo conocen de siempre y saben que, aunque todo está contra él, no puede ser ni un endemoniado ni un embaucador) es la de la locura: quizá se trata de un agotamiento físico y nervioso causado por su frenética actividad, con ese ir y venir de un lado para otro sin tener tiempo para descansar un poco (Mc 3,20; 6,30ss). Sí, quizá la locura sea la única explicación posible.

¿Es que no resulta locura haber llamado «bandidos» nada menos que a los sumos sacerdotes? (Mt 21,13). Dicen también que en una ocasión, Jesús, comentando el sagrado texto del Deuteronomio «No ofrecerás al Señor dinero procedente de la prostitución para cancelar un voto» (Dt 23,19), dijo que las ofrendas de las prostitutas podían emplearse para construir... ¡las letrinas del

[17] Cfr. Jn 8,48. «Hereje» [lit. samaritano]. Los samaritanos eran considerados el pueblo hereje por excelencia; llamarle a alguien «samaritano» era una forma insultante de decirle que era hereje. «Loco/tonto» [lit. «tienes un demonio»], modo de indicar la locura. Cfr. Jn 7,20; 10,20. Véase J. Mateos y J. Barreto, *op. cit.*, p. 365.

[18] Orígenes, *op. cit.*, 2,7.31. Cfr. Jerónimo, *Ep. XIV, ad Eliodoro,* 11: PL 22.

Templo! Porque era dinero que «de una cloaca venía y volvía a una cloaca», según lo que había enseñado el profeta Miqueas: «Todo lo que procede de la prostitución, vuelve a la prostitución» (Miq 1,7)[19]. Ni el más obsceno de los blasfemos habría podido llamar «letrina» al Templo.

¿Y la transgresión permanentemente repetida del precepto del sábado? (Mc 1,30-31; 3,1-6; Jn 5,1-10; 9,1-13). ¿Y qué decir de la maldición lanzada contra la misma casa de Dios, augurando la destrucción total de este Templo, que es el lugar más sagrado de toda la tierra (Mc 11,12-21; 13,1-2), y anunciando la abolición de los sacrificios que en él se realizan?[20]

¡Y decir al magisterio, a los teólogos oficiales, precisamente a quienes han recibido del mismo Dios la autoridad para enseñar, que son unos hipócritas, que la doctrina que defienden es falsa y que la gente no debe fiarse de ellos, pues no enseñan lo que Dios ha dicho, sino lo que ellos por sí mismos se han inventado! (Mt 15,1ss)[21].

Todavía recuerdan con horror en Cafarnaún aquella vez que, en su sinagoga, invitó a los presentes... a que se lo comieran...; sí, precisamente así: a que se lo comieran ¡como condición para conseguir la vida eterna! Provocó tal desconcierto que, desde entonces, «muchos de sus discípulos se echaron atrás y dejaron de ir con él» (Jn 6,51-58.66).

Y si se hubiera limitado a hablar...

---

[19] Otros dicen que fue Yakob, un discípulo suyo, el que dijo esto. Véase *A. Z.* B. 17a; también, C. Perrot, *op. cit.*, pp. 126-127.

[20] «He venido a destruir los sacrificios» *(Evang. Ebion.*, en Epifanio, *Haereses*, 30,16.4: PG 42).

[21] Era una doctrina comúnmente aceptada que, en el Sinaí, Dios dio a Moisés dos leyes: la escrita y la oral. Esta doctrina se apoya en el v. 46 del cap. 26 del Levítico: «Éstos son los preceptos, mandatos y leyes a tenor de los cuales pactó el Señor por medio de Moisés con los israelitas en el monte Sinaí». Este texto es comentado así: «Las Torot: este plural de Torah nos enseña que dos Torah se dieron a Israel: una escrita y otra oral... toda la Torah, sus leyes, sus detalles y todos sus comentarios fueron transmitidos a Moisés en el monte Sinaí» *(Sifr. Lv.* 46,112c). R. Yošua ben Leví, Rabí del siglo III, dirá que, además de la Torah, la Mišnah, el Talmud y la Haggadá, Dios también comunicó a Moisés en el Sinaí «todo comentario que un discípulo inteligente puede proponer en el futuro...» *(Midraš Tanhuma,* II, 60a).

Al contrario. Por desgracia, son los hechos los que más gravemente lo acusan. Desde el rechazo a someterse a las normas religiosas más elementales para todo buen israelita, como las del lavado ritual de las manos antes de sentarse a la mesa [22], a la vez aquella en que permitió que lo tocara la mujer que padecía hemorragias. En lugar de reprenderla porque lo había contaminado de impureza, la animó dándole su aprobación (Mc 5,25ss). ¿Y esa costumbre sistemática de ir a los banquetes (¡y con qué gente!) [23] los lunes y los jueves, que son los días de ayuno? [24]

¿Qué es lo que quiere enseñar con esas transgresiones?

¿Acaso no es locura?

La prueba más cierta la proporciona la constitución de ese extraño grupo suyo.

Lo que la gente considera como un grupo de desesperados o, por lo menos, de tipos raros, en la pobre cabeza de Jesús representa nada menos que... el nuevo, el verdadero, el auténtico Israel. ¡Qué locura!

---

[22] Está prevista la excomunión para quien no cumpla el precepto del lavado ritual de las manos antes de sentarse a la mesa *(Ber.* B. 18a).

[23] «... muchos recaudadores y pecadores se sentaron a la mesa con Jesús...» (Mc 2,14). «¡Éste recibe a los pecadores y come con ellos!» (Lc 15,2).

[24] Cfr. Mc 2,18: «Los discípulos de Juan y los fariseos estaban de ayuno. Fueron a preguntarle a Jesús: Los discípulos de Juan y los fariseos ayunan: ¿por qué razón tus discípulos no ayunan?» El ayuno sólo era obligatorio un día al año, el día de la expiación *(Yom Kippur)* (Lv 16,29ss; 23,27ss; Nm 29,7). A los transgresores se les castigaba con la pena de muerte. Pero en la época a la que se refiere nuestro trabajo el ayuno era el signo distintivo de los hebreos a los ojos de los extraños, y las personas piadosas ayunaban regularmente dos veces a la semana, el segundo y el quinto día (lunes y jueves), que eran los días de mercado. Cfr. *Taʿan* B. 10a; M. 2,9; *Tos. Taʿan* 2,4; también, J. Behm, art. *nestis,* en GLNT (TWNT), VII, cols. 978-980. «... devota costumbre respetada todavía hoy en los ambientes ascéticos del hebraísmo» (S. Ben-Chorin, *op. cit.,* p. 73). En la mesa, además, se debe tratar de temas religiosos: «Si tres comen en la misma mesa y no hablan de la Torah, es como si comieran los sacrificios de los muertos...» *(P. Ab.* 3,4). La Didajé (especie de catecismo contemporáneo de los evangelios) invita a los cristianos a que no ayunen como los hebreos el lunes y el jueves, sino... miércoles y viernes... *(Did.* 8,1). La conocidísima obra *El Pastor* (cuyo núcleo central se remonta al siglo I de la era cristiana) critica ásperamente esta práctica: «Dios no quiere un ayuno inútil como éste: ofreciendo tal clase de ayuno a Dios, nada haces por tu santificación. A Dios debes ofrecer un ayuno diverso, esto es: no realizar ningún mal en tu vida...» *(Past.* 54).

Por eso ha fijado en doce el número de personas... Doce, como los patriarcas, como las tribus de Israel (Gn 49; Dt 33).

En vista de que su propuesta a Israel ha terminado de la manera más trágica, con un rechazo fuerte, radical, que ha dado paso al propósito de asesinarlo (Mt 3,6), Jesús decidió que, desde aquel momento, el verdadero Israel sería el constituido por él con la gente que lo siguiera... Sí, una verdadera locura.

Locura lúcida, por lo demás, durante la cual Jesús no sólo ha sustituido con su grupo al glorioso Israel, sino que ha llegado al punto ¡de reemplazar por sí mismo los momentos más sagrados y solemnes de la vida religiosa del pueblo!...

Ya se sabía lo que había armado en el templo cuando, en un exceso de locura, la tomó con cuantos se encontró; como un auténtico loco furioso, derribó los bancos, los asientos, los animales (Mt 21,4; Mc 11,11-17; Lc 19,45-46) [25]. Pero el signo más claro de locura fue cuando, después de haber provocado tal desorden, dijo que era él, y no aquel lugar idolátrico [26], la verdadera y única morada de Dios (Jn 2,19-22).

Provocaciones de tal naturaleza se fueron sucediendo a un ritmo acelerado. No hubo fiesta que no fuera turbada por este loco.

Como aquella vez en Jerusalén, por la fiesta de las Chozas *(Sukkot;* cfr. Jn 7), la más popular y esperada de las fiestas anuales. Dura una semana, desde el 15 al 21 de Tišri (septiembre-octubre), y se dice que «quien no ha visto nunca la fiesta del agua, no ha visto una fiesta en su vida» [27]. Jesús había asegurado a sus pa-

---

[25] «Hablar sólo de 'purificación' del templo, refiriéndose a esta circunstancia, supone minimizar la vigorosa acción de Jesús. Él no es uno de aquellos sacerdotes zelotes que, después del año 66, querían efectivamente purificar el templo. Su acción va mucho más lejos. [...] En consecuencia, lo que Jesús está cuestionando con su gesto es el lugar de los sacrificios de sangre en cuanto tal» (C. Perrot, *op. cit.,* pp. 128-129). «Jesús no propone, como los profetas, la reforma, sino la abolición» (Mateos/Barreto, *El evangelio,* op. cit., pp. 164-175).

[26] Jesús es acusado de haber definido el templo como *kheiropoiêton* (lit. «hecho por manos de hombre») (Mc 14,58), expresión usada para indicar la construcción de ídolos. Cfr. Lv 26,1.30; Is 2,18; 10,11; 16,12.

[27] *Sukk.* M. 5,1. Cfr. J. Jeremias, *Jerusalén...,* op. cit., p. 89. Se considera la «fiesta» por excelencia. Cfr. Jn 7,10-14; también, C. Di Sante, *op. cit.,* pp. 203-208.

rientes que no se movería de Galilea. Luego, en el último momento, y a escondidas, fue a la fiesta; se presentó precisamente en el día más solemne, el de la Simhat Torah (Alegría de la Torah), y en el momento más solemne. El sacerdote, recordando el milagro del agua que brotó de la roca en el desierto (Éx 17) (símbolo de la Ley que mantiene en vida a Israel)[28], después de subir al altar de los holocaustos, estaba derramando en él el agua de la fuente de Siloé, que había sido llevada solemnemente en procesión en un recipiente de oro. Jesús, en aquel preciso momento, mientras todos estaban recogidos en reverente silencio, se puso a gritar con todas sus fuerzas que era él la roca de la que brota el agua verdadera (Jn 7,37).

Intentaron detenerlo, pero se libró gracias a su habilidad para enredar a las personas sencillas[29]; y volvió a aparecer en otro momento solemne de la fiesta. Era el momento en que subían los cuatro candelabros de oro para situarlos en el punto más alto del monte del Templo; estos candelabros contenían setenta litros de aceite cada uno[30] y, con su luz, podían iluminar no sólo el lugar santo, sino incluso la ciudad entera[31]. Esta luz es símbolo de la Ley, luz del mundo[32].

Pues bien: Jesús pretende ser él la luz que ilumina al mundo y se pone a gritar: ¡«Yo soy la luz del mundo»! (Jn 8,12).

¡Loco! Jesús pretende ocupar el lugar de la Ley. ¡Esto es demasiado!

---

[28] «Las palabras de la Ley son comparadas con el agua» *(Mek. Ex.* 15, 22.27; cfr. Is 55,1). «... [la Torah], como el agua, mantiene la vida del hombre...» *(Sifr. Dt.* 11,22).

[29] «Volvieron entonces los guardias adonde estaban los sumos sacerdotes y fariseos, y éstos les preguntaron: ¿Se puede saber por qué no lo habéis traído? Replicaron los guardias: ¡Nunca hombre alguno ha hablado así! Les replicaron los fariseos: ¿Es que también vosotros os habéis dejado engañar? ¿Acaso alguno de los jefes o de los fariseos le ha creído? En cambio, esta gente, que no conoce la Ley, está maldita» (Jn 7,45-49).

[30] Cfr. *Sukk.* M. 5,2.

[31] «Había candelabros de oro que tenían encima recipientes de oro y escaleras que permitían subir hasta arriba... y torcidas hechas con los cinturones que habían usado los sacerdotes... y no había en toda Jerusalén una casa que no se iluminara con estas luces» *(Sukk.* M. 5,2).

[32] *Test. Leví,* 14,3-4. Cfr. Sal 119,105: «Lámpara es tu palabra para mis pasos, luz en mi camino». Sab 18,4: «la luz incorruptible de la Ley». Eclo 45,17: «... dio su Ley para iluminar a Israel». Cfr. *Sifr. Num.* 6,25.

Aquella vez, en medio de la polémica que siguió a estas frenéticas declaraciones, intentaron taparle la boca recordándole su origen: «Nosotros —y subrayaron el «nosotros»— no hemos nacido de la fornicación... *Nosotros...*» (Jn 8,41) [33].

Pobre María.

De nuevo le escupen encima la infamia, la antigua acusación, el desprecio.

Y Jesús no hace nada para mejorar la situación. ¡Al contrario!

Sus adversarios consiguieron la prueba de que está verdaderamente loco cuando él aseguró ¡que había nacido antes que... Abrahán! (Jn 8,57). Lo único que se podía hacer con él era apedrearlo, como se hace con un loco peligroso: «Entonces cogieron piedras para tirárselas» (Jn 8,59).

Cualquiera que sea la causa de esta absurda actitud (la locura, como piensan en su casa, o una posesión diabólica, como opinan los sacerdotes), Jesús está en verdadero peligro. Y con él están en peligro todos los miembros de su familia, señalados con el dedo y puestos en ridículo en Nazaret y en sus alrededores: Jesús debe ya dejar de meterse en líos y de comprometer también a su familia. Es necesario tomar medidas, y pronto. Por las buenas o...

---

[33] Cfr. E. R. Brown, *Giovanni*, Cittadella, Asís 1979, I, p. 464.

SECUESTRO DE JESUS. VERGÜENZA DE LA FAMILIA

«... *los enemigos del hombre son los de su propia casa*» (Miq 7,6).

El clan familiar celebra consejo.

La decisión es unánime: hay que capturar a Jesús, porque está loco (Mc 3,21)[1].

Y salen a buscarlo.

El camino que lleva a María (y a los hermanos)[2] hacia Jesús

[1] *Capturar.* La traducción «ir a prenderlo» carece de todo el vigor del término original griego: *kratêsai autôn...,* expresión fuerte, en el sentido de arrestar a alguien. Es el mismo verbo *(krateô)* que se usa para describir la captura de Juan (Mc 6,17) y la de Jesús (Mc 12,12; 14,1.44.45.49.51).

[2] Hermanos. No está claro a qué grado de parentesco se refieren los evangelios con el término *adelphos* (hebr. *ʾaḥ).* Cfr. Mt 12,46-50; 13,55; 28,10; Mc 3,31-34; 6,3; Lc 8,19-21; Jn 2,12; 7,3-10; 20,17; Hch 1,14. Desde el punto de vista filológico hay buenas razones para mantener que se trata de hermanos carnales (cfr. J. Gilles, *I fratelli e sorelle di Gesù,* Claudiana, Turín 1985). «... Jesús tuvo cuatro hermanos y varias hermanas. En Nazaret, la familia de Jesús estaba compuesta, por lo menos, de siete hijos» (cfr. D. Flusser, *Jesus,* op. cit., p. 18). Y hay otros tantos motivos para mantener que se trata de un tipo de parentesco más amplio, teniendo en cuenta que en hebreo —igual que en las demás lenguas semíticas— «hermano» puede indicar también un pariente próximo, o un miembro del mismo clan. Cfr. E. M. Jenni, art. *ʾaḥ,* en DTAT, I, Marietti, 85-90; también, H. von Soden, art. *adelphos,* en GLNT (TWNT), I, 385-392. Pasajes del AT en los que se usa «hermano» para referirse a una relación tío-sobrino, o también a primos y primas: Gn 13,8; 14,16; 29,12.15; Lv 10,4; en el sentido más genérico de «pariente»: Gn 16,12; 25,18; 31,23.25.32.37.46.54; Éx 2,11; 4,18; Jue 9,26.31.46; Ez 11,15. Además, hay que tener presente que de Santiago y de José, dos de los «hermanos» de Jesús (Mc 6,3), sabemos cómo se llama su madre (Mc 15,40), también ella de nombre María (cfr. Mt 27,56). Cfr. J. Blinzler, *I fratelli e le*

está cargado de interrogantes. El hijo que le vino de Dios debe ser capturado porque ha dado signos de ser un demente peligroso para sí mismo y para la reputación de la familia. Por supuesto que se trata de su bien, pero...

Y llegan adonde está él.

Jesús está rodeado por una multitud.

¡Vaya clase de gente! No habían pensado en este obstáculo.

Están absolutamente todos: renegados recaudadores de impuestos [3], e inmorales descreídos, los excluidos de Israel y los impuros, las prostitutas y la chusma, carne de presidio... [4]

María y sus parientes son «puros».

Y desaprueban que Jesús tenga contacto con los «pecadores».

¿Cómo van a poder acercarse a él, arriesgándose a rozarse con estas personas y quedar, también ellos, impuros?

Y, por eso, se quedan fuera.

No quieren poner ni siquiera un pie en el lugar en el que se encuentra Jesús, vergüenza de la familia; así, quedándose fuera, quieren mostrar visiblemente que están en total desacuerdo con su comportamiento. Que sepan todos claramente que ellos no tienen nada que ver con aquel inconsciente.

Y después, arrogantemente, como quien tiene alguna autoridad sobre él, le mandan recado diciéndole que quieren verlo.

¡Pero qué respuesta!

---

sorelle di Gesù, Paideia, Brescia 1974, pp. 87-97; *Dict. Spir.* VIII, 1290-1291, X, 414 (1980). Para la tradición católica, se trata de «primos» de Jesús.

[3] Véanse pp. 117-123.

[4] Cfr. Mc 3,31-32: «Llegó su madre con sus hermanos y, *quedándose fuera,* lo mandaron llamar. Una multitud de gente estaba sentada alrededor de él». La multitud supone un obstáculo para el contacto directo con Jesús. No se trata de la misma multitud de 3,20, la que impide tomar alimento a los discípulos. Es ésta una multitud diferente, como indica la ausencia de determinación (una multitud, no «la/aquella multitud»). La primera multitud estaba constituida por judíos que simpatizaban con la actividad de Jesús y que, por eso, se reúne en la «casa» del nuevo Israel. Esta muchedumbre corresponde al segundo grupo de seguidores de Jesús que aparecen en la escena del banquete en la casa (2,15): «muchos publicanos y pecadores»; y el evangelista insiste en que «eran muchos y lo seguían». Son, por tanto, los excluidos de Israel, gente «impura». Cfr. J. Mateos, *El Evangelio de Marcos* (comentario en curso de elaboración); *Los doce,* op. cit., núm. 234.

No se la esperaban.

Fría, calculada, con la intención de herir, como afilada espada de doble filo, capaz de juzgar sentimientos y pensamientos (Heb 4,12).

«¿Quién es mi madre...?»

«¿Quiénes son mis hermanos?»

Jesús pregunta si aquellos que lo buscan son verdaderamente sus familiares.

«Y paseando la mirada por los que estaban sentados en corro en torno a él», cambia el tono, que ahora se hace cálido, afectuoso, y añade: «Mirad a mi madre y a mis hermanos».

Los que están a su alrededor.

Los que se quedan «fuera» no son para él ni madre ni hermanos, no son nada.

Ya había roto con Israel: el verdadero Israel estará formado, según él, por los que lo sigan. Y ahora rompe con la familia.

Sus familiares, sus íntimos, son sólo aquellos que lo siguen y comparten su mensaje: la propuesta de un amor que se dirige a todos, prescindiendo de categorías religiosas y morales. Aquellos que se quedan «fuera» para no contaminarse, para no comprometerse con el loco de la casa, no; aquéllos no son nada. Ni Israel, ni familiares, nada... Sarmientos inútiles que hay que tirar (Jn 15,6).

«El que no ignora [5], *como yo,* a su padre y a su madre —dirá después Jesús—, no es apto para ser mi discípulo» [6].

Jesús no se propone, ciertamente, como modelo de amor hacia la propia familia, de «honra» para con los padres...

«¿Quién es mi madre...?» [7]

María está aturdida.

---

[5] Ignora, lit. «odia», expresión semítica que significa «amar menos».

[6] *Evang. de Tom.* 101. Cfr. Lc 14,26; Mt 10,37.

[7] La enseñanza de Jesús está contra la mentalidad ordinaria, según la cual el honrar y obedecer a los padres son valores tan sagrados y están tan consolidados en la tradición que se llega a decretar que «el mandamiento de honrar padre y madre es el más grande de los mandamientos...», y, según R. Simeon ben Yojai, «Dios ha puesto el honrar padre y madre por encima del honor debido a él mismo...» *(Qid.* Y. 61b; *Pe'a.* Y. 15b; *Mek. Ex.* 5,11).

No se esperaba que la hostilidad de su hijo llegara a tal punto.

Y, sin embargo, es ahora cuando entiende.

Comprende que Jesús no está loco, sino que es ella la que está ciega y sorda al considerarlo así (Mt 4,11-12). Las palabras que siguen, aquellas con las que Jesús explica con amor a los «suyos» las condiciones necesarias para formar parte de su «familia», hacen que resuene en su corazón un eco antiguo: el eco del encuentro con el mensajero divino, el eco del anuncio, cuando confió sin dudar y se manifestó dispuesta a cumplir —a pesar de no comprenderla plenamente— la voluntad de Dios (Lc 1,38) [8].

Y ahora, de la misma manera que cumplió la voluntad de Dios sin saber qué le iba a ocurrir, ahora debe mantener su fidelidad a esta voluntad, a este hijo, aunque no comprenda su camino, tan distinto de lo que la religión le ha enseñado..., tan heterodoxo...

«Cualquiera que cumpla la voluntad de Dios, ése es hermano mío y hermana ¡y madre!»

María comprende.

Ahora se ilumina el oscuro significado de la reacción —que tanta amargura le produjo— con la que Jesús interrumpió a aquella mujer de pueblo que, llena de entusiasmo, le había gritado: «¡Dichosa tu madre!» (Lc 11,27). La respuesta de Jesús fue en aquella ocasión: «¡Dichosos más bien los que escuchan la palabra de Dios y la cumplen!» (Lc 11,28) [9].

Ahora comprende lo que quería decir Jesús. ¡A qué la estaba invitando! Comprende.

Y se queda.

Y avanza hacia la que será la etapa decisiva de su «peregrinación de fe» [10].

---

[8] «María creció en medio de estas expectativas de su pueblo: ¿podría intuir, en el momento de la anunciación, qué significaban en esencia las palabras del ángel?» (RM 15).

[9] «La grandeza de María no dimana de su maternidad mesiánica, sino del cumplimiento de la voluntad de Dios... María no se destaca en la asamblea de los fieles por derechos o gratificaciones inmerecidas, sino por su fidelidad a la propuesta de Dios...» (O. Spinetoli, *op. cit.,* p. 406).

[10] «Y así, también la bienaventurada Virgen ha avanzado en el camino de la fe y ha mantenido fielmente la unión con su hijo hasta la cruz...» (LG 58; cfr. RM 17).

Los hermanos, no.

«Y ni siquiera sus hermanos creían en él» (Jn 7,5) [11].

Jesús lo había constatado ya con amargura: «... un profeta no es despreciado más que en su patria, entre *sus parientes,* ¡en su propia casa!» (Mc 6,4).

[11] Los «hermanos» volverán a dar señales de vida cuando ya no sea un deshonor ser pariente de Jesús, y pretenderán ser los jefes de la primitiva comunidad de Jerusalén. Cfr. Eusebio de Cesarea, *Historia eclesiástica,* 3,11: PG 24, 245 y 248.

MALDITO DE DIOS

«La víspera de la Pascua fue ajusticiado Jesús... porque había practicado la brujería y había seducido y desviado a Israel. Ninguno se presentó en defensa suya» (*Sanhedrin*, B. 43a).

María ya no comprende nada.

El momento es difícil; el dilema, sencillo: o tiene razón Jesús, este hijo que le nació no de José, sino de Dios, y entonces... está equivocada la Biblia, se han atribuido a Dios cosas que no eran suyas, y no es verdad que los sumos sacerdotes tengan autoridad alguna de parte de Dios..., o es verdad lo que dice la Palabra de Dios, lo que siempre han enseñado los rabinos y los sacerdotes, y entonces este hijo suyo es, sin duda, un demonio..., un hereje, un blasfemo.

Cualquiera que sea la solución, para María será siempre dramática, y tendrá para ella consecuencias incalculables.

¿Es realmente posible que este Jesús sea un loco de remate, como piensan sus parientes, o un hereje endemoniado, como piensan las autoridades religiosas?

¿Es o no verdad que Caifás, el *Kohen gadol* (Sumo Sacerdote), el único mortal que puede entrar en el inaccesible «Santo de los Santos» un día al año [1], es el representante de Dios en la tierra? La «eterna santidad» [2] de su cargo, ¿no lo convierte en «el más

[1] Cfr. *Yom.* M. 5,1-4; J. Jeremias, *Jerusalén...*, op. cit., pp. 168-169.
[2] Cfr. *Naz. M.* 7,1; también, H. Echegaray, *op. cit.*, p. 80.

grande de todos los hombres»? (Lv 21,10). Y su majestuosidad real, ¿no es un reflejo de la gloria de YHWH? (Éx 28,2) [3].

¿Cómo es posible que el hombre más cercano a YHWH, aquel que cuando aparece «provoca un desconcierto tal que parece que se está en otro mundo» [4], odie a muerte al hijo único de este Dios?

O el Sumo Sacerdote no representa a Dios... o Jesús no es el hijo de Dios...

¿Y por qué, por qué él, el Sumo Sacerdote, está de tal modo contra Jesús que ha mandado detenerlo y encarcelarlo como si fuera un malhechor? ¿Y por qué ahora, en el proceso, vomita contra él las acusaciones y los insultos más infamantes?

Para María el drama es terrible.

Ni siquiera la oración puede ya confortarla. ¿Cómo va a poder recitar tres veces al día que «para los herejes no haya esperanza», y pedir que «perezcan todos en un instante, que sean borrados del libro de los vivos...» [5], cuando su propio hijo está condenado como hereje? ¿Puede quizá pedir a Dios que acelere la muerte de Jesús?

Mientras espera la sentencia, recorre los momentos que han llevado a Jesús ante el tribunal y que a ella la han puesto frente a la criba de la fe.

La que en este momento se le presenta es, ahora más que nunca, una elección radical: o creer *del todo* en su hijo, y aceptar que muchas cosas que hasta ahora le habían enseñado eran falsas, o creer al Sumo Sacerdote y, en este caso, sería Jesús el falso, el «encantador de multitudes» [6] y vendedor de mentiras.

Si el Sumo Sacerdote es totalmente hostil a Jesús, los otros componentes del Sanedrín no le van a la zaga.

¿Y cómo no? Jesús había dicho ¡que Dios prefiere a las prostitutas y a los pecadores a toda su presunta santidad! (Mt 21,31).

---

[3] Cfr. *Qid.* B. 23b; *Yom.* Y. 39a; *Tos. Yom.* 1,6; *Ned.* M. 4,3; *Sifr. Nm.* 18,20. Véase A. Chouraqui, *op. cit.*, p. 262.

[4] *Carta de Aristeas,* § 99.

[5] Cfr. la *Birkat ha-minim:* «maldición de los herejes» [lit. «bendición»], la 12.ª petición de la Tefillah (o *Šemoneh- ʿEśreh),* la oración compuesta por 18 [19] bendiciones que los hebreos recitan tres veces al día: mañana, tarde y noche, y que se considera la «Oración por excelencia».

[6] Orígenes, *op. cit.,* 1,71.

En el Sanedrín están los teólogos oficiales, ¡justo los mismos que Jesús, sin un mínimo de prudencia, ha avergonzado públicamente todas las veces que ha podido! Pero ¡cómo se le ocurriría en aquella ocasión insultarlos llamándoles hipócritas, ambiciosos, arribistas, llenos de suciedad, dignos sólo del basurero..., guías ciegos, y locos, y asesinos! (cfr. Mt 23; Lc 11,37-52).

¿Tendrán razón los que dicen que ha sido Jesús el que ha estado buscando que lo detengan?

Cierto que nunca la prudencia fue su fuerte. Jamás.

Es una virtud que parece que no conoce. Ni siquiera en una mínima parte.

Pero en esto ha salido a ella, a su madre. María recuerda bien que nunca fue prudente. Y no tanto cuando el mensajero divino le hizo aquella propuesta cuanto en Judea, en casa de Isabel, a quien había ido a ayudar en el parto, salió con aquella canción que tanto escandalizó a sus parientes. María recuerda todavía algunas estrofas: «El Señor... derriba del trono a los poderosos... y despoja a los ricos de sus bienes...» (cfr. Lc 1,49ss). Aquella vez sí que hizo ruido. Ella, la muchachita galilea, que había ido a servir, ¡se permitía introducir ideas subversivas en casa de aquellos piadosos y religiosos parientes! (Lc 1,55-57) [7].

Pero esto son divagaciones que no la distraen de su preocupación por Jesús.

Él está solo.

Todos lo han abandonado.

¡Hasta sus discípulos se han marchado! (Mt 26,58).

---

[7] Nótese la diferencia entre el canto de María *(Magnificat)* y el de Zacarías *(Benedictus)*. María, que representa a los «pobres de Yahveh», esto es, a la clase humillada y oprimida, espera que Dios haga justicia en la sociedad israelita. Zacarías, que representa a la clase dominante, no ve tanto la injusticia que hay dentro de su sociedad cuanto la situación del pueblo en su conjunto en relación a las demás naciones. Concibe la salvación como una liberación de enemigos exteriores, de las naciones paganas, mientras que para María la acción liberadora de Dios consiste en la subversión del orden social que se manifestará en la exaltación de los humildes. Se debe tener presente además que, mientras la pobreza es signo de una maldición divina, la riqueza se considera como una bendición: «La bendición del Señor enriquece...» (Prov 10,22; cfr. *Sifr. Dt.* 24, § 40).

¡Qué acierto el de Jesús para escogerlos! ¡Qué valientes! No es ya que no hayan ni siquiera intentado defenderlo, sino que alguno —se lo han dicho—, negando haberlo conocido jamás, ha llegado a maldecir para dar mayor credibilidad a sus palabras (Mt 26, 69-75). Y han detenido a Jesús con un enorme despliegue de fuerzas, como si se tratara de un bandido peligroso: un batallón de 600 soldados, más toda la policía de los sacerdotes y de los fariseos (Jn 18,3)[8]. Y ahora lo están juzgando como si fuera un criminal.

«Si hubiera sido un Dios, no lo habrían podido atar ni apresar...»[9]

Es el fracaso total[10].

María, sin embargo, todavía tiene confianza en los testigos. Lo que cuenta son los hechos, no las palabras; ¡y Jesús ha beneficiado a tantas personas! Son muchos los que le tienen que estar agradecidos por haber recobrado la salud, la serenidad; quién sabe, quizá vengan a dar testimonio, a decir que no es un demonio, un sin-dios, porque un pecador no puede realizar ciertos prodigios (Jn 9,16).

¡Si viniera aquel ciego de nacimiento que curó Jesús! Desde que el mundo es mundo, jamás se ha oído decir que alguien ha abierto los ojos a un ciego de nacimiento. ¡Si Dios no estuviera con él, Jesús no lo habría podido hacer! (Jn 9,32). No..., mejor que no venga el ciego... Fue curado precisamente un sábado, y los fariseos, con tal de no admitir que Jesús, violando el gran mandamiento, había hecho el bien, habían llegado a decir que aquel hombre nunca había sido ciego y que, en cualquier caso, ¡mejor habría sido para él seguir siendo ciego que no ser curado por aquel hereje! (Jn 9,18).

---

[8] Lit. *cohorte*. En el NT, en donde siempre se refiere a soldados romanos (Mt 27,27; Mc 15,16; Jn 18,3.12; Hch 10,1; 21,31; 27,1), indica 600 hombres. Cfr. R. Brown, *Juan...*, op. cit., p. 987.

[9] Orígenes, *op. cit.*, II, 9.

[10] «Desde un punto de vista histórico y desde una perspectiva hebrea, el final de Jesús ha constituido un trágico fracaso». Cfr. J. Gnilka, *Riflessioni di un cristiano sull'immagine di Gesù tracciata da un ebreo contemporaneo*, en *Bibbia e Cristologia*, Paoline, Roma 1987, p. 208.

Quién sabe. Si viniera aquella mujer de Naín... Seguro que se ha enterado de la detención de Jesús, el salvador de su hijo, el que le devolvió la vida a su hijo... y a ella. Impresionaría favorablemente al Sanedrín con su narración (Lc 7,11-15). ¿Por qué no estará ya aquí para prestar testimonio? ¡Ah, claro!, es inútil: el testimonio de una mujer no tiene valor alguno... [11] Entonces, si por lo menos se presentara aquel pobre desgraciado que Jesús curó aquí mismo, en Jerusalén, en el «Foso», en la piscina de los cinco pórticos [12]. Por supuesto que a él lo conocen los miembros del Sanedrín, ¡llevaba allí más de treinta y ocho años! (Jn 5,1-9).

O no..., quizá es mejor que no se presente... María recuerda las polémicas que siguieron a aquella curación... ¡Caramba! También en aquella ocasión le dio a Jesús por curar en un día de precepto [13]; más aún, a partir de aquel episodio fue cuando los jefes de los «judíos comenzaron a perseguir a Jesús por hacer tales cosas en un día de descanso» (Jn 5,16) [14].

Quizá se presente Jairo. Él era uno de ellos, un jefe de la sinagoga, una persona importante; ¡él podrá presentar el testimonio de la resurrección de su hijita muerta! (Mc 5,22-42).

¿Tendrá valor para hablar a sus iguales... o quizá no? El miedo es mucho y la represión policial es demasiado fuerte. Jairo no se deja ver.

Ninguno se presenta.

La muchedumbre que era capaz de seguir a Jesús a pie, kilóme-

---

[11] *Yom.* B. 43b.

[12] Entre las variantes que ofrece el texto acerca del nombre de la piscina, preferimos la de *Bêzatha:* «foso», nombre de un nuevo barrio de Jerusalén, separado de la ciudad vieja por un foso. Cfr. Mateos/Barreto, *op. cit.*, p. 265.

[13] Precepto, gr. *sabbaton,* traduce el hebreo *šabbaton,* que significa el descanso obligatorio, el día de precepto, sea éste sábado (Éx 16,23) u otro día festivo (Lv 23,24.39). El sábado en cuanto tal se expresa mediante la forma plural *ta sabbata,* transliteración del arameo *šabta* (cfr. *tois sabbasin...:* Mc 1,21b). Cfr. también J. Mateos, *Los doce...*, op. cit., p. 130.

[14] Las *Memorias de Nicodemo* (Rec. griega «a»), I, 6,1, ofrecen el testimonio del que había sido curado y la acusación de los judíos: «Los hebreos dijeron a Pilato: Pregúntale qué día era cuando fue curado. Y el que había sido curado explicó: Sábado. Los hebreos intervinieron de nuevo: ¿No te habíamos explicado que curaba y expulsaba demonios en sábado?»

tros y kilómetros... para quitarse el hambre con panes y peces (Mt 14,13ss), ha desaparecido.

No se presenta nadie.

No; al contrario, se presentan muchos.

A dar testimonio.

En contra.

Pero son tantos y tan claramente embusteros, que se contradicen entre sí y, por tanto, sus testimonios no se consideran válidos (Mc 14,55-59). El proceso parece empantanarse entre acusaciones y desmentidos que se van alternando, entre gritos rabiosos y confusos silencios.

Ahora interviene el Sumo Sacerdote.

Se levanta.

Todos callan. El momento es solemne.

Caifás se dirige personalmente al acusado.

«Te conjuro, por el Dios vivo, ¿eres tú el *Mašia ben-ha-'Elohim?* (el Mesías, el Hijo de Dios)» (Mt 26,63).

Jesús responde: «Tú lo has dicho...»

> «El Sumo Sacerdote se rasga las vestiduras [15] y grita descompuesto: ¡Ha blasfemado! ¡Ya no tenemos necesidad de más testigos! ¡Habéis escuchado todos su blasfemia! ¿Qué sentencia proponéis?»

«¡Pena de muerte!» (Mt 26,63-67).

Eso como si todo hubiera estado preparado de antemano (y a malas penas disimulado); la asamblea descarga su rabia contra Jesús: vuelan las bofetadas, le escupen, le dan bastonazos. Con dificultad —y claramente contra su voluntad— los guardias lo salvan del linchamiento.

A María se le desmorona toda su esperanza.

O quizá no... Todavía queda...

Parece que pretenden conducir a Jesús ante Pilato, el gobernador.

Un romano.

---

[15] Era costumbre rasgarse la túnica cuando se blasfemaba contra el Nombre de Dios. Cfr. *Sifr. Lv.* 24, 11, 104c; *San.* M. 7,5.

Un pagano.

¡Para él, Jesús no puede ser peligroso!

Cierto que Pilato no suele andar con sutilezas y que, durante su mandato, las condenas a muerte y los asesinatos son incontables (cfr. Lc 13,1) [16], pero Jesús no ha dicho nunca nada contra los romanos. Es más, una vez curó al siervo de un centurión (Mt 8,5-13). Quizá el gobernador, a salvo de la maléfica influencia de los sacerdotes y los teólogos, lo liberará. Por cierto que éstos no han entrado en el pretorio para no contaminarse... (Jn 18,28). ¡Cuánta razón tenía Jesús cuando los acusaba de colar un mosquito y de tragarse un camello! [17] Están a punto de asesinar a un inocente ¡y se preocupan de mantenerse puros evitando pisar en la casa de un pagano!

Las noticias que llegan desde el palacio hasta la multitud expectante parecen confortar la débil esperanza de María. Parece que, en efecto, Pilato no es hostil a Jesús.

Y parece que la mujer del gobernador ha intervenido también en favor de Jesús (Mt 27,19). Puede que se haya conseguido.

En efecto, Pilato da la vuelta a los planes de los sacerdotes y propone a la muchedumbre, ya numerosísima, la liberación de Jesús; pregunta si quieren que lo libere en lugar de Bar 'Abba, un fanático violento, encarcelado por homicidio (Mc 15,7). Un inocente, reo sólo de alguna extravagancia religiosa, y un peligroso asesino.

Todo está a favor de Jesús.

Pero no es su nombre el que llega a los oídos de María. La muchedumbre, instigada por los sumos sacerdotes, grita histéricamente: «¡Bar 'Abba! Queremos libre a Bar 'Abba y ¡muerte a Jesús!» (Mt 27,21-23).

Para María esto es ya el fin.

---

[16] «Su administración (26-36) se caracterizó por la corrupción, la violencia, los robos y las continuas ejecuciones sin el más mínimo proceso judicial». Cfr. I. Epstein, *op. cit.*, p. 93. «Cada día hacía morir a alguien sin ninguna formalidad judicial» (Filón, *Legatio ad Gaium*, 38).

[17] El camello es el más grande de los animales considerados impuros. Cfr. Lv 11,4; Dt 14,7.

Sola —la familia en contra y los discípulos que cobardemente han huido todos—, afronta el último acto del drama: la crucifixión.

¿Por qué precisamente esta condena a muerte?

El derecho hebreo no prevé la crucifixión como ejecución de una condena a muerte. Cuatro son los tipos de muerte previstos: lapidación, hoguera, decapitación y estrangulamiento [18].

«Dios maldice al que cuelga de un árbol», establece la Ley de Dios (Dt 21,23; cfr. Gál 3,13) [19].

La cruz es la condena reservada a los malditos de Dios.

Ésta fue la muerte del pérfido Amán, enemigo jurado del pueblo hebreo... (Est 7,10).

Una vez más, la Ley está contra Jesús: ¡colgado de una cruz y condenado a la muerte de los malditos de Dios! Un nuevo desgarrón en la fe de María.

¿Por qué? Pero ¿por qué, entre las muchas maneras de ejecutar una condena capital —más rápidas y menos dolorosas además—, han ido a escoger precisamente la más infamante, la que está reservada a los esclavos rebeldes, a los idólatras, a los que blasfeman contra el Nombre, a los sin Dios, a los que Dios maldice...? Pero Jesús, ¿es o no es hijo de este Dios? ¿Por qué debe morir como un maldito de Dios? ¿Por qué su generosa respuesta a la invitación del Padre lo conduce «hasta la muerte, y una muerte de cruz»? (Flp 2,8).

¿Está equivocado el texto de la Torah? O Jesús...

Todo se pone contra la fe de María.

---

[18] Cfr. *San.* M. 7,1; *Sot.* B. 8b; también, A. Cohen, *op. cit.*, pp. 374-383; S. Ben-Chorin, *op. cit.*, p. 283. Más que un método para ejecutar la pena capital, la condena a morir en la cruz constituye una tortura atroz y cruel que conduce lentamente a la muerte, la cual sobreviene después de tres y hasta de siete días, y tras los más desgarradores tormentos y de una lenta y dolorosísima agonía. Inventada por los persas, la crucifixión fue adoptada en seguida por los romanos como amenaza destinada a mantener sometidos a los esclavos. Los romanos condenaron a muerte a tal número de hebreos que, para tal fin, no hubo bastante madera en toda la tierra de Israel.

[19] «... Ése está colgado porque ha maldecido contra el Nombre y el Nombre del cielo ha sido profanado» (*San.* M. 6,4). «En el precepto 66.° se nos prohíbe dejar al ahorcado colgado durante la noche, para que no provoque en quien lo ve el recuerdo de la blasfemia, puesto que no ahorcamos más que al blasfemo y al idólatra...» (Maimónides, *op. cit.*, p. 290).

Condenado a muerte como blasfemo por el representante de Dios en la tierra, la manera en la que la sentencia es ejecutada muestra que ésta es avalada por el mismo Dios. ¿Cómo se puede seguir creyendo en este exaltado? Dios y sus más insignes representantes han pronunciado ya la sentencia... Jesús es un peligroso blasfemo..., ¿por qué darle crédito todavía?

Y este Dios... ¿dónde está?

Jesús hablaba de él como de un padre [20], tierno y cariñoso, que no permite que suceda nada malo a sus hijos. «No os preocupéis... no os preocupéis...», predicaba Jesús, «¡vuestro padre cuida de vosotros!» (Mt 6,25ss); «no tengáis ningún temor..., que Dios conoce hasta los cabellos de vuestra cabeza» (Mt 10,30-31).

Y ahora, ¿dónde está este padre?

«Nada te podrá herir» (Sal 91,7), aseguraba el salmista al Mesías; y ahora, este Mesías está desnudo, clavado en un palo, reducido a un coágulo de sangre...

El Mesías... ¡está muriendo el Mesías!

No es posible (Jn 12,34).

O es que Jesús no es el Mesías...

Entonces, ¿es un patíbulo el «trono de David su padre» (Lc 1,32) que el Señor le había garantizado? [21]

Quizá, en el último momento, se produzca una intervención espectacular de Dios.

Como le sucedió a Abrahán, que en el mismo momento en que se sintió abandonado por YHWH (ya estaba convencido de que el Señor no mantendría la fidelidad a su promesa), recibió la consoladora visita de tres ángeles (Gn 18). Y, por lo demás, no sería la primera vez que Dios mismo interviene para salvar a un justo injustamente condenado. ¿No salvó prodigiosamente al profeta Je-

---

[20] Jesús no se dirigía a Dios con el término *'ab* (padre), sino que lo llamaba *'abba*, mucho más afectuoso y familiar. Cfr. Mc 14,35. Véase J. Jeremias, *'Abba*, Supl. GLNT (TWNT), 1, Paideia, Brescia 1968.

[21] «... Estando al pie de la cruz, María es testigo, humanamente hablando, del más completo desmentido de estas palabras. Su hijo agoniza sobre aquel leño como un condenado» (RM 18).

remías de ser lapidado, dándole así la posibilidad de llevar a término su misión? [22]

Pero Dios no interviene.

Puede que, como sucedió a Moisés, llegue un ángel del cielo con los rasgos de Jesús para sustituirlo mientras intentan matarlo, facilitándole así la huida [23].

Pero no baja ningún ángel...

Jesús no es el Mesías.

La agonía que él padece es el argumento más convincente en contra de la loca pretensión de Jesús de ser el Mesías enviado a liberar a Israel. Su infamante muerte en la cruz constituye la prueba más clara de que Dios lo maldice [24], y la confirmación de que los sumos sacerdotes, los teólogos, los fariseos, el pueblo y la familia tenían razón...

Jesús parece que acepta pasivamente esta muerte.

«Ha salvado a otros, pero no puede salvarse a sí mismo...; que baje ahora de la cruz y creeremos en él...» (Mt 27,41-42). Éste es el sarcástico «consuelo» que le ofrecen los sacerdotes, que ni siquiera delante de la agonía de un crucificado pueden dominar el odio mortal que llevan dentro. Y, por otro lado, ¿no son ellos los que enseñan que «derramar la sangre de un malvado es igual que ofrecer un sacrificio»? [25]

Y Jesús muere.

No muere con el *Šemaʿ Yiśraʾel,* la confesión de fe que todo

---

[22] Se creía que Jeremías se había salvado de la lapidación pidiendo a Dios que una piedra tomara su apariencia hasta que terminara de contar sus visiones a su secretario Baruc: «Entonces la piedra, por obra de Dios, tomó la apariencia de Jeremías, y ellos lapidaron a la piedra creyendo que era Jeremías» *(Paralipómenos de Jeremías,* 9,26-28). Cfr., por ejemplo, el episodio de los tres jóvenes en el horno, en Dn 3, y Daniel en la fosa de los leones (Dn 6), o el sacrificio de Isaac (Gn 22,1-18), y José salvado de la cisterna (Gn 37,28).

[23] «... lo arrestaron [a Moisés] y, cuando estaban a punto de decapitarlo, bajó un ángel del cielo que tomó su apariencia: [los guardias] capturaron al ángel y Moisés huyó» *(Šir. ha-Širim Rabbah,* 7; cfr. Éx 2,15).

[24] «... lo que nosotros dudamos es que el Mesías deba morir tan ignominiosamente...» (Justino, *Dialogus...:* PG 6, 690.89.90.96).

[25] *Midraš Rabbah,* 21,3. Cfr. Nm 25,13.

hebreo pronuncia en el momento de su muerte [26], en los labios, sino gritando:

> Dios mío, Dios mío,
> ¿por qué me has abandonado?» (Mt 27,46) [27].

No muere como muere un justo.

No expira como Moisés y como Aarón, a quienes Dios, con un beso, recogió el alma [28].

Para él estaba reservado, en lugar del beso del Padre, el beso mortal de Judas (Mt 26,49).

Muere «entre criminales...» (Lc 22,37; Is 53,12).

Abandonado por Dios, abandonado por los suyos, abandonado por todos.

Pero no por su madre.

María, presente al pie de la cruz, toma el puesto de Dios ausente.

> «¿Podría una mujer olvidarse de su hijo, hasta el punto de no conmoverse por el hijo de sus entrañas? Pues aunque las mujeres se olvidaran, yo nunca me olvidaré de ti»,

había dicho Dios al profeta (Is 49,14-15).

Dios, sin embargo, se ha olvidado...

María, no.

La madre cercana toma el puesto del Dios lejano...

---

26 «El fin de cada hombre manifiesta su justicia...» *(Test. Aser,* VI, 4-6). Cfr. S. Ben-Chori, *op. cit.,* p. 296.

27 «El único pasaje en el que Jesús no comienza su oración con *'Abba* es el grito de la cruz...» (J. Greehey y M. Vellanickal, *Il carattere unico e singolare di Gesù come figlio di Dio,* en *Bibbia e Cristologia,* op. cit., p. 184).

28 Según el Deuteronomio, Moisés murió «*'al pi* YHWH» (lit.: «por la boca de YHWH») (Dt 34,5), esto es, «por orden del Señor». El Midraš entiende así el episodio: «En aquel instante, el Santo, bendito sea Él, besó a Moisés para recoger su alma con un beso» *(Debarim Rabbah,* 7-11; trad. de Riccardo Pacifici, en *Midrašim,* Ed. Marietti, C. Mont. 1986, p. 100). «Entonces descendió la majestad de Dios, lo besó [a Aarón] y su espíritu se marchó de él» *(Yalkut Šimeoni Ḥukkat,* en *Midrašim,* p. 89). Cfr. *Sifr. Dt.* 32, 50, 141b.

«¿Quién es mi madre?... El que cumple la voluntad de mi Padre...» (Mc 3,31-35).

Fiel a aquel «Aquí estoy» que pronunció hace ya tantos años en Nazaret, María está todavía presente... « ¡Aquí estoy! »

Aunque todo esté contra Jesús, Dios mismo, la Ley, los sacerdotes, sus discípulos, sus familiares, ella no: ella está presente.

«Estaba presente junto a la cruz de Jesús su madre...» (Jn 19,25).

NADA DE APARICIONES PARA MARIA

> «... *si alguien os dice: 'Mira, aquí está el Mesías, míralo allí', no lo creáis..., es gente perversa y adúltera la que busca una señal*» (Mc 13,21; Mt 16,4).

Todo ha terminado definitivamente.

«Esperábamos que él fuera el liberador de Israel; pero han pasado ya tres días desde que sucedieron estas cosas...» (Lc 24,21).

El fracaso de Jesús ha sido total.
La desilusión de los discípulos, también.
«Esperábamos...»
Pero... está muerto.
Y, por consiguiente, todo ha terminado: «... se marchaban y volvían cada uno a su casa: la fiesta había terminado» [1].
El grupo de Jesús, o mejor, lo que queda de su grupo, está de luto (Mc 16,10).
Todo ha terminado.
Jesús ha sido otro más de aquellos que, tras proclamarse liberadores o mesías, han soliviantado al pueblo y han terminado mal [2].

---

[1] *Evangelio de Pedro,* 14,58.

[2] Ezequías, a quien hizo matar Herodes (46 a. C.); después su hijo Judas «el Galileo», quien, a la muerte de Herodes (4 a. C.), «... empujó a los habitantes a la rebelión, colmándolos de injurias si seguían pagando el tributo a los romanos y se sometían, además de a Dios, a otros amos mortales». Véase Flavio Josefo, *Bell.,* I, 10,5; II, 8,1; II, 4,1. Cfr. Hch 5,36-37: «... vino Teudas, dándoselas de ser alguien, y se le juntaron unos cuatrocientos hom-

Tienen razón los que afirman que «Jesús, mientras vivió, no logró convencer ni a un solo individuo, ni siquiera a sus discípulos» [3].

Y Jesús, ante tanta incredulidad, tiene que ir a buscar a sus ex discípulos, uno a uno, reprocharles (Mc 16,14) su escepticismo y demostrarles a «estos estúpidos y duros de mollera» (Lc 24,25) que no tienen que llorar por él, como si estuviera muerto, que está vivo, que sigue viviendo...

Tarea difícil. Porque, además, Jesús, el Hombre-Dios, sigue usando los métodos que ha tomado del Padre (Jn 8,38), y prefiere siempre lo que nosotros descartaríamos.

Jesús, para demostrar que está vivo y para comunicar esta noticia a los muy valientes varones, encerrados en casa con las puertas atrancadas por miedo a la gente (Jn 20,19), elige precisamente a unas mujeres, elige a María la Magdalena, «mujer de vida agitada» [4], cuyo testimonio, por cierto, carece de valor.

El resultado es, naturalmente, la incredulidad:

«Jesús resucitó en la mañana del primer día de la semana y se apareció primero a María Magdalena, de la que había echado siete demonios. Ella fue a decírselo a los que habían estado con él, que estaban de duelo y llorando; pero ellos, al oírle decir que estaba vivo y que ella lo había visto, *se negaron a creer*» (Mc 16,9-10).

«María Magdalena, Juana y María la de Santiago volvieron del sepulcro y anunciaron todo esto a los once y a todos los demás. También las demás, que estaban con ellas, se lo decían a los apóstoles. Ellos tomaron sus palabras como un *delirio y se negaron a creerlas*» (Lc 24, 9-11).

---

bres. Pero lo mataron y todos los que se habían dejado convencer por él se dispersaron y todo quedó en nada. Después de él surgió Judas el Galileo, cuando lo del censo, y convenció a mucha gente para que lo siguieran, pero también él pereció, y cuantos se habían dejado persuadir por él se dispersaron».

[3] Orígenes, *op. cit.*, II, 38.

[4] *Ibidem*, II, 58. «¿Qué sentido tiene que durante su vida, cuando no lo creían, [Jesús] predicara a todos sin distinción, y que cuando debía aportar pruebas para fundar una fe en algo tan fuerte como su resurrección se apareciera sólo un momento a una mujerzuela...?» *(ibidem*, II, 69).

Jesús tiene que ir a buscarlos, uno por uno, para convencerlos de que está vivo, de que no es un fantasma (Lc 24,37-43); y come con ellos, y se somete a sus curiosas preguntas con paciencia...

¿Y María? ¿Y su madre?

No, ninguna aparición a María [5].

Las apariciones son para los incrédulos, para los testarudos, para los estúpidos, para los duros de mollera.

María no entra en estas categorías.

Quien ha sido capaz de aceptar a Jesús, aun antes de comprenderlo; la que lo ha seguido hasta la cruz; la que ha «esperado contra toda esperanza» (Rm 4,18) [6], no necesita «pruebas» para creer que su hijo está más vivo que nunca; no tiene necesidad de que nadie se lo confirme.

Lo sabe.

Lo siente.

La primera aparición es para María de Magdala, ¡no para María de Nazaret!

En la última bienaventuranza que pronunció Jesús: «Dichosos los que crean sin haber visto» (Jn 20,29), resuena el eco de la primera que aparece en los evangelios dirigida a María: «Dichosa tú que has creído que se cumplirá lo que te ha dicho el Señor» (Lc 1,45). Bienaventuranza esta que ha acompañado y sostenido a María durante toda su existencia [7].

María es dichosa por haber creído las palabras del Señor, palabras que comunican vida; Jesús había dicho muchas veces que su final consistiría en la plenitud de la vida, que él superaría a la muerte y que continuaría viviendo (Mt 17,3.22; 20,17-19; Jn 10, 14-18; 12,24); ella ha creído y continúa creyendo en él, no nece-

---

[5] Muchos autores, pensando que así dan mayor relieve al papel de María, hablan de una primera aparición de Jesús resucitado a su madre. Cfr. J. Cantinat, *La madonna nella Bibbia,* Paoline, Turín 1983, pp. 163-164.

[6] Cfr. la cercanía que se establece en la encíclica *Redemptoris Mater,* n. 14, entre la fe de María en el momento de la anunciación y la fe de Abrahán.

[7] «Las palabras de Israel, 'dichosa tú, que has creído', continúa acompañando a la Virgen también en Pentecostés; la siguen de edad en edad...» Cfr. RM 27; también, L. Evely, *Il vangelo della gioia,* Cittadella, Asís 1972, pp. 135-139.

sita —como los incrédulos— meter sus dedos en las heridas, tocarlo, verlo.

María, grande en la fe, no necesita las muletas que los débiles de todos los tiempos reivindican: visiones, apariciones, mensajes, ver, tocar... Un círculo vicioso que, al no conseguir jamás la total satisfacción, vuelve siempre a engendrar nuevas e insaciables necesidades (cfr. Col 2,18-19) [8]. Débiles que nunca recuperarán las fuerzas porque «están siempre aprendiendo sin llegar jamás a conocer la verdad» (2 Tim 3,7).

Jesús lo dejó dicho claramente. Los débiles en la fe no se convencerían «ni aunque uno resucite de la muerte...» (Lc 16,31). Él mismo ha podido experimentarlo: a pesar de que se ha aparecido a los doce, aún no ha conseguido resolver sus últimas dudas: «... pero ellos mismos dudaron...» (Mt 28,17).

María no... No necesita apariciones para creer: «Alimentada por palabras de fe..., no presta oído a fábulas estúpidas, cosas de chiquillos...» (1 Tim 4,6-7).

Unida a la comunidad de los creyentes —nunca más sola—, en la plenitud de Pentecostés (Hch 1,14; 2,1.12), María recorre de nuevo su experiencia iniciada con el anuncio del mensajero divino (Lc 1,26-38): hoy, como entonces en Nazaret, la fuerza del Altísimo no se transmite a los sacerdotes del templo, sino que comunica vida a la comunidad de los herejes: los despreciados galileos [9]. María, junto a todos los creyentes, «realiza su obra de pregonera de la alegre noticia» (2 Tim 4,5) y renueva el cántico de las maravillas de Dios [10].

La respuesta del mundo al don de Dios será la misma que entonces: calumnia, persecución, muerte.

---

[8] «En lo que se refiere a la venida del Señor..., no os dejéis engañar por pretendidas visiones... *¡Que nadie os enrede!*» (2 Tes 2,1-3).

[9] Cfr. el paralelismo entre Lc 1,35: *dynamis hypsistou* (la potencia del Altísimo), y 24,49: *hypsous dynamim* (la potencia de lo alto). Lucas hace notar además que «son todos galileos» (Hch 2,7). En la primitiva comunidad de creyentes no hay judíos piadosos y ortodoxos, ningún «jefe», ningún «fariseo», sólo «gente maldita que no conoce la Ley» (cfr. Jn 7,48-49), «pueblerinos sin instrucción...» (Hch 4,13).

[10] Cfr. Lc 1,46.49a: *megalynei* [engrandece], *megala* (cosas grandes), y Hch 2,11: *ta megaléia tou Theou* [grandes obras de Dios].

«... otros se reían diciendo: ¡están borrachos!» (Hch 2,13).

«Aún estaban hablando al pueblo cuando llegaron los sacerdotes, el jefe de la guardia del templo y los saduceos, irritados porque estaban enseñando al pueblo...; los detuvieron y los encarcelaron» (Hch 4,1-4).

«... se desencadenó una violenta persecución contra la comunidad de Jerusalén y todos se dispersaron...» (Hch 8,1).

«... y lapidaron a Esteban mientras él rezaba con estas palabras: 'Señor Jesús, acoge mi espíritu'. Después dobló las rodillas y gritó con fuerza: 'Señor, no les tomes en cuenta este pecado'. Y dicho esto, murió» (Hch 7,59-60).

APENDICES

PEQUEÑO GLOSARIO

ʾAb: Padre (arameo *ʾAbba).*

ʾAdonai (lit. «Señor mío»): Se pronuncia en lugar del nombre de YHWH. (En los LXX, traducción griega de la Biblia, se traduce habitualmente por *Kyrios,* «Señor».)

ʿAm ha-ʾáreṣ (lit. «pueblo de la tierra»): Ignorante. Patán. Asume el significado negativo de persona incapaz de cumplir las exigencias de la Ley. Particularmente se refiere a los habitantes de Galilea.

Aquiba: Famoso e importante rabino del judaísmo. Murió mártir en la persecución de Adriano (135 d. C.).

Arameo: Lengua que se hablaba en Israel en tiempos de Jesús. Lengua semítica, estrechamente emparentada con el hebreo.

Baʿal (lit. «señor»): Propietario. Amo. Marido. A veces es el nombre de divinidades paganas.

Bar Miṣvah (lit. «hijo del precepto»): El muchacho que, a partir de los trece años, está obligado a cumplir todos los mandamientos de la Ley.

Berakah: Bendición. Plegaria de alabanza y de acción de gracias. Ocupa un lugar central en la liturgia y en la oración individual.

Berešit (lit. «inicio/génesis»): Palabra con la que comienza el primer libro de la Biblia.

Berit: Pacto. Alianza.

Berit Milah (lit. «pacto de la circuncisión»): Circuncisión, signo distintivo de la religión hebrea. Se realiza el octavo día después del nacimiento del niño.

Bet ha-Kenesset: Sinagoga (lit. «casa de la asamblea»). Lugar de reunión y de oración de la comunidad hebrea.

Cohen: Sacerdote.

Diezmo: Décima parte de los productos de la tierra y de los animales que se debía ofrecer para el mantenimiento del templo.

Derašah (de *daraš* = interpretar): Interpretación y homilía sobre la lectura bíblica.

Diáspora («dispersión»): Asentamientos hebreos en territorio pagano.
'Elohim: Dios. Divinidad.
Escriba (hebr. *sofer):* Autoridad máxima en el campo de la legislación religiosa.
Fariseos: Grupo de laicos preocupados por cumplir hasta las más pequeñas prescripciones de la Ley, con especial atención a los preceptos relacionados con lo puro y lo impuro.
Gehenna (hebr. *ge-hinnom* = valle del hijo de Hinnom): Valle situado al sur de Jerusalén donde se realizaban sacrificios humanos en honor del dios Moloc.
Hillel: Rabino de Babilonia considerado, junto a su adversario Šammai, contemporáneo suyo, la mayor autoridad rabínica del tiempo de Jesús (siglo I a. C./10 d. C.).
Ketubbah: Contrato matrimonial en el que se garantiza que, en caso de repudio, se entregará a la mujer una determinada cantidad de dinero.
Lámpara sabática: Lámpara que la mujer enciende al comienzo del sábado.
Maimónides: Mošeh ben Maimón, filósofo y teólogo judío del siglo XII.
Mamzer: Bastardo. Mancha perpetua que distingue al que ha nacido de una unión ilícita. Puede casarse solamente con otro *mamzer*. Se considera un insulto grave.
Mašiah: Mesías. «Ungido».
Megillah (lit. «rollo»): Libro de Ester.
Mekilta (lit. «regla»): Comentario exegético del libro del Éxodo.
Menorah (lit. «lámpara»): Candelabro de siete brazos. Se ha convertido en el símbolo más famoso de Israel.
Meturgeman: Traductor. El que, en la liturgia sinagogal, iba traduciendo el texto hebreo de la Biblia al arameo, lengua que hablaba y comprendía el pueblo.
Mezuzah (lit. «jamba»): Estuche colocado en el quicio de la puerta de entrada a la casa. Contenía Dt 6,4-9; 11,13-21.
Midraš: Interpretación libre y actualizadora de la Biblia, de carácter pastoral.
Minyan (lit. «número»): Número de hombres (10) cuya presencia era necesaria para que se pudiera realizar la celebración litúrgica.
Mišnah: Colección de material jurídico de la legislación hebrea que se remonta a la época de Jesús. Se divide en seis Ordenes, que contienen 63 tratados.
Mok: Material absorbente que se usaba como anticonceptivo.
Parašah: División en 54 capítulos del Pentateuco (los cinco primeros libros de la Biblia) para la lectura litúrgica.
Pesah: Pascua (15-21 de Nisán, marzo-abril).

Pesiqta: Párrafos bíblicos que se leían los días de fiesta en la liturgia sinagogal.

Qiddušin (lit. «santificación»): Esponsales. Primera parte de la celebración del matrimonio.

Rabí (lit. «maestro mío»): Título honorífico que se daba en Israel a los estudiosos e intérpretes de la Biblia.

Rabino: Guía espiritual y jurídico de la comunidad hebrea.

Roš-ha-kenesset: Jefe de la sinagoga. «Archisinagogo». Administrador del lugar de reunión y de culto.

Šaddiq: «Justo». El que vive de acuerdo con las enseñanzas de la Torah.

Šabbat: Sábado. Día dedicado al descanso y en el que no se podía trabajar absolutamente nada, culmen de la semana hebrea. Empieza el viernes por la tarde, al aparecer la primera estrella, y termina la tarde del sábado.

Šalom: Paz. Saludo habitual con el que se expresa el deseo de plenitud de vida y de felicidad.

Šammah: Sirviente de la sinagoga. Desarrolla todas las tareas que no son competencia del rabino.

Šammai: Teólogo contemporáneo de la época de Jesús, conocido por su rigidez en la interpretación de la Escritura y por su antagonismo con Hillel.

Šemaʿ: «Escucha». Oración formada por las primeras palabras de Dt 6,4. Constituye el «credo» de Israel.

Šemoneh-ʿEśreh: «Dieciocho bendiciones». Oración por excelencia de la religión hebraica; en realidad se trata de 19 bendiciones que se recitaban de pie.

Sifré (lit. «libro): Comentario al libro de los Números y el Deuteronomio.

Sión: Monte en el que estaba situado el templo de Jerusalén. Se usa también para referirse a toda la ciudad.

Sukkot (lit. «chozas»): La fiesta por excelencia de la religión hebraica; en su origen se trataba de la fiesta de acción de gracias por la cosecha. Se celebraba entre el 15 y el 25 de Tišri (septiembre-octubre). Durante los días de la fiesta se vivía en chozas, en recuerdo del éxodo.

Tallit: Manto o chal que se usaba durante la oración.

Talmud (lit. «estudio»): El conjunto de la Mišnah y de los comentarios rabínicos a la misma. Se conocen dos: el Talmud de Jerusalén (o palestinense) y el Babilónico, según el lugar en el que se formaron.

Tanjuma: Comentario del Pentateuco.

Targum: Traducción al arameo del texto bíblico.

Tefillim («Filacterias»): Estuches de piel en los que se guardaban cuatro párrafos de la Biblia: Éx 13,1-10; 11-16; Dt 6,4-9; 11,13-21. Se colocaban atados al brazo y a la frente durante la oración.

Toledot: «Historias». Narraciones populares acerca de Jesús y de su madre, redactadas en el siglo IX.

Torah: «Doctrina», «Enseñanza», «Ley». El término se refiere bien al Pentateuco, bien al conjunto de la Biblia y a los comentarios inherentes a la misma (Torah oral).

Tosefta: «Complemento». Comentarios añadidos a la Mišnah.

YHWH: Tetragrama sagrado del nombre de Dios. Se desconoce su pronunciación exacta (*Yahvé* es sólo una hipótesis). En su lugar se leía *'Adonai* (Señor mío).

Yom Kippur: Día de la expiación. Se celebra el 10 de Tišri. Día penitencial por excelencia, de severo ayuno, que debe dedicarse a la oración y a la penitencia para alcanzar el perdón de los pecados.

Zelotes (hebr. *qannaim):* Grupo de guerrilleros que luchaban contra el dominio romano.

BIBLIOGRAFIA

AUTORES

Adinolfi, M., *Il femminismo della Bibbia,* Pont. At. Anton., Roma 1981.
Alonso Schökel, L., y Sicre Díaz, J. L., *I Profeti,* Borla, Roma 1984 (edición original: *Profetas,* Cristiandad, Madrid 1980).
Aron, R., *Così pregava l'ebreo Gesù,* Marietti, C. Monf. 1983.
——, *Gli anni oscuri di Gesù,* Mondadori, Milán 1978.
Artom, E. S., *La vita di Israele,* Roma 1982.
Behm, J., art. *nêstis,* en GLNT, VII.
Ben-Chorin, S., *Fratello Gesù. Un punto di vista ebraico sul Nazareno,* Morcilliana, Brescia 1983.
Betam, G., art. *Thauma,* en GLNT, IV.
Beyreuther, E., art. *poimên,* en DCB.
Blinzler, J., *I fratelli e le sorelle di Gesù,* Paideia, Brescia 1974.
Brown, E. R., *La nascita del Messia,* Cittadella, Asís, 1981.
——, *Giovanni,* Cittadella, Asís 1979.
Buzzetti, C., *La parola tradotta,* Morcelliana, Brescia 1973.
——, *La Bibbia e le sue trasformazioni,* Brecia 1984.
Cantinat, J., *La madonna nella Bibbia,* Paoline, Roma 1983.
Casali, G., *Somma di teologia dommatica,* R. Christi, Lucca 1964.
Cavalleti, S. (ed.), *Il trattato delle benedizioni (Berakot) del Talmud babilonese,* UTET, Turín 1977.
Chouraqui, A., *La vita quotidiana degli uomini della Bibbia,* Mondadori, Milán 1988.
Delcor, M., *Studi sull'apocalittica,* Studi Bibl. 77, Paideia, Brescia 1987.
Delling, G., art. *magos,* en GLNT, VI.
Di Sante, C., *La preghiera di Israele,* Marietti, C. Monf. 1985.
Di Segni, R., *Il vangelo del ghetto,* Newton Compto, Roma 1985.
Echegaray, H., *La prassi di Gesù,* Cittadella, Asís 1983.

Epstein, I., *Il giudaismo,* Feltrinelli, Milán 1987.
Evely, L., *Il vangelo della gioia,* Cittadella, Asís 1972.
Giles, J., *I fratelli e sorelle di Gesù,* Claudiana, Turín 1987.
Glotz, G., *La città greca,* CDE, Milán 1984.
Gnilka, J., *Riflessioni di un cristiano sull'immagine di Gesù tracciata da un ebreo contemporaneo,* en *Bibbia e Cristologia,* Paoline, Turín 1987.
Greehey, J., y Vellanickal, M., *Il carattere unico e singolare di Gesù come figlio di Dio,* en *Bibbia e Cristologia,* Paoline, Turín 1987.
Grelot, P., *La speranza ebraica al tempo di Gesù,* Borla, Roma 1981.
Grundmann, W., art. *dei,* en GLNT, II.
Guevara, H., *La resistencia judía contra Roma en la época de Jesús,* Meitingen 1981.
Günther, W., art. *gameô,* en DCB.
Hahn, H. C., art. *eunoukhos,* en DCB.
Hauck, F., art. *moikheuô,* en GLNT, VII.
Hengel, M., art. *phatnê,* en GLNT, XIV.
H. V. y A. T., art. *aphiemi,* en DCB.
Infante, R., *L'amico dello Sposo. Giovanni Battista,* Ed. Dehoniane, Nápoles 1984.
Jenni, E., art. *'ab,* en DTAT, I.
Jeremias, J., *Jerusalén en tiempos de Jesús,* Cristiandad, Madrid 1977.
——, *'Abba,* Supl. GLNT, 1, Paideia, Brescia 1968.
——, *Teologia del Nuovo Testamento,* Paideia, Brescia 1976.
——, art. *poimên,* en GLNT, X.
——, art. *grammateous,* en GLNT, II.
Kittel, G., art. *Thamar,* en GLNT, IV.
Koch, K., art. *sdqw,* en DTAT, II.
Lattes, D., *Nuovo commento alla Torah,* Carucci, Roma 1986.
Laurentin, R., *I vangeli dell'infanzia di Cristo. La verità del natale al di là dei miti,* Paoline, Turín 1986.
Leipoldt, J., y Grundmann, W., *El mundo del Nuevo Testamento. Estudio histórico-cultural,* Cristiandad, Madrid 1973.
Leonardi, G., *L'infanzia di Gesù,* EMP, Padua 1975.
Lohse, E., art. *synedrion,* en GLNT, XIII.
Magli, I., *Gesù di Nazareth,* Rizzoli, Milán 1982.
——, *La Madonna,* Rizzoli, Milán 1987.
Maier, J., y Schafer, P., *Piccola Enciclopedia dell'Ebraismo,* Marietti, Turín 1985.
Maimónides, M., *Il libro dei precetti,* Carucci, Roma 1980.
Mateos, J., *Marcos 13. El grupo cristiano en la historia,* Cristiandad, Madrid 1987.
——, *Los «doce» y otros seguidores de Jesús en el Evangelio de Marcos,* Cristiandad, Madrid 1982.

Mateos, J., y Barreto, J., *El Evangelio de Juan. Análisis lingüístico y comentario exegético,* Cristiandad, Madrid 1979 (trad. it., Cittadella, Asís 1982).
Maurer, C., art. *skeuos,* en GLNT, XII.
Mackenzie, L., *Dizionario biblico,* Cittadella, Asís 1975.
Meyer, R., art. *pharisáios,* en GLNT, XIV.
Michel, O., art. *telônes,* en GLNT, XIII.
Müller, D., art. *pharisáios,* en DCB.
Oepke, A., art. *gynê,* en GLNT, II.
——, art. *pais,* en GLNT, IX.
Pacifici, R. (ed.), *Midrashim, fatti e personaggi biblici nell'interpretazione ebraica tradizionale,* Marietti, C. Monf. 1986.
Paul, A., *Il mondo ebraico al tempo di Gesù,* Borla, Roma 1983.
Perrot, C., *Gesù e la storia,* Borla 1981.
Pesch, R., *Il vangelo di Marco,* I, Paideia, Brescia 1980.
Pikaza, X., *Los orígenes de Jesús. Ensayo de cristología bíblica,* Sígueme, Salamanca 1976.
Prause, G., *Erode il grande,* Rusconi 1981.
Reisser, M., art. *moikheuô,* en DCB.
Ricciotti, G., *Vita di Gesù Cristo,* Rizzoli, Roma 1941.
Ringgren, H., art. *'ab,* en GLAT, II.
Rius-Camps, J., *El camino de Pablo a la misión de los paganos,* Cristiandad, Madrid 1984.
Salles, C., *I bassifondi dell'antichità,* CDE, Milán 1984.
Schneider, J., art. *theos,* en DCB.
Scholem, G., *Concetti fondamentali dell'ebraismo,* Marietti, Génova 1986.
Schrenk, G., art. *dikaios,* en GLNT, II.
Schürer, E., *Historia del pueblo judío en tiempos de Jesús,* Cristiandad, Madrid 1985.
Soden, H. v., art. *adelphos,* en GLNT, I.
Soggin, J. A., *Storia d'Israele,* Paideia, Brescia 1984.
Spinetoli, O., *Luca,* Cittadella, Asís, 1982.
Tosato, A., *Il matrimonio israelitico,* Pont. Ist. Bib., Roma 1982.
Trilling, G., *Gesù l'ebreo,* Borla, Roma 1983.
Westermann, C., art. *nefeš,* en DTAT.
Zorrell, F., *Lexicon graecum novi testamenti* (1931).

Apócrifos del AT

Díez Macho, A., *Introducción general a los apócrifos del Antiguo Testamento,* tomo I, Cristiandad, Madrid 1984.
Apocrifi dell'Antico Testamento, editados por Paolo Sacchi, UTET, Turín 1981.

Apocalipsis de Baruc.
Henoc. Libro de los vigilantes.
Henoc eslavo.
Libro de Ajícar.
Antigüedades bíblicas (Pseudo Filón).
Carta de Aristeas.
Libro de los Jubileos.
Paralipómenos de Jeremías.
Salmos de Salomón.
Testamento de Aser.
Testamento de Leví.

APÓCRIFOS DEL NT

Sobre la infancia del Salvador.
Memorias de Nicodemo (Hechos de Pilato).
Pistis Sophia.
Protoevangelio de Santiago.
Tratado sobre la infancia de Jesús según Tomás.
Evangelio de Pedro.
Evangelio copto de Tomás.
Evangelio de Felipe.
Evangelio de Gamaliel.
Evangelio de los Ebionitas (en Epifanio, *Haer.*).
Evangelio de María (Papiro Rylands).
Bibliogr. *Apocrifi del Nuovo Testamento,* I, editados por Luigi Moraldi, UTET, Turín 1975; *Gli apocrifi del Nuovo Testamento,* I/1, editados por Mario Erbetta, Marietti, C. Monf. 1975.

FUENTES PATRÍSTICAS

Agustín, *Sermo 51,9:* PL 38.
Andrés, obispo de Creta, *In circumcisionem Domini,* Oratio VI: PG 97.
Didajé.
Discurso a Diogneto.
El Pastor: PG 2.
Epifanio, *Adversus Haereses:* PG 42.
Epifanio monje, *De vita b. virginis:* PG 120.190.
Ireneo, *Adversus Haereses,* II, 22,5: PG 7, 785.
Jerónimo, *In Matthaeum:* PL 27.
——, *Ep. XIV, ad Eliodoro:* PL 22.
——, *Ep. XXII, ad Eustochio:* PL 22.

——, *Ep. XLV, ad Asella:* PL 30.
——, *Ep. CXXIX, ad Dardano:* PL 22.
Juan Crisóstomo, *In Matthaeum:* PG 57.
Juan Damasceno, *De fide orthodoxa,* Lib. IV: PG 94.
Justino, *Dialogus cum Tryphone Judaeo:* PG 6.
——, *I Apología:* PG 6.
Orígenes, *Contra Celsum* (Discurso verdadero): PG 11, 642-1631.
Tertuliano, *Libellus de spectaculis:* PL I.

FUENTES ANTIGUAS

Filón, *De vita Mosis.*
——, *Legatio ad Gaium.*
——, *De Praemiis et Poenis.*
Flavio Josefo, *Antiquitates.*
——, *De bello Iudaico.*
Macrobio, *Saturnalia.*
Posidipo de Casandria, *El Hermafrodita.*
Tácito, *Anales.*

TEXTOS RABÍNICOS

Berakot. Introduzione alle benedizioni, Carucci, Roma 1980.
Commento alla genesi (Berešit Rabba), trad. A. Ravena, UTET, Turín 1978.
Debbarim Rabbah.
Midraš Qohelet.
Midraš Rabbah.
Midraš Sal. 104.
Midraš Tehilim.
Midraš Tanjuma.
Números Rabbah.
Pereq r. Eliecer.
Pesiqta Rabbati.
Pirqé Abot.
Šemot Rabbah.
Sifré Deuteronomio.
Sifré Behugotaï.
Šir ha-Širim Rabbah.
Tanjuma Qedošim.
Targum Pal. a Ex 1,5.
Toledot Gr. Elena man. strasb. 4.
Yalkut Šime'oni Ḥukkat.

INDICE DE CITAS BIBLICAS

ANTIGUO TESTAMENTO

Génesis

Josué

Jueces

Rut

1 Samuel

2 Samuel

1 Reyes

Mateo

INDICE DE CITAS DEL TALMUD

MIŠNAH (M)

TALMUD YERUŠALAYN (PALESTINENSE)

TALMUD BABILONICO (B)

TOSEFTA

MIDRAŠIM